BASTEI
LÜBBE

Joachim Winter

DER BULLE VON TÖLZ

TOD EINES STROHMANNS

Nach dem Drehbuch von
Franz Xaver Sengmüller

SAT.1

BASTEI LÜBBE

BASTEI-LÜBBE-TASCHENBUCH
Band 12 738

Erstveröffentlichung

Herausgeber:
Gustav H. Lübbe Verlag GmbH & Co.,
Bergisch Gladbach
Printed in Germany, März 1998
Lektorat: Beate Stefer
Titelbild und Fotos Innenseiten: SAT.1/M. Mate
Umschlaggestaltung: Gisela Kullowatz
Satz: KCS GmbH, Buchholz/Hamburg
Druck und Verarbeitung: Ebner Ulm
ISBN 3-404-12738-2

Inhalt

1. Kapitel

Trachtenmoden

Der Himmel von Bad Tölz lachte. Das Taxi glitt durch die sonnendurchflutete grüne Landschaft. Nur das Singen der Reifen und ein leises Summen des Motors waren zu hören. Ein komfortables Taxi, das der Huber Franzl sich da zugelegt hatte. Eine richtige Luxuskarosse. Etwas Passenderes konnte man sich für so einen schönen Tag gar nicht wünschen.

Wenn Engel ausgehen, dachte Resi Berghammer in geringfügiger Abwandlung des Sprichwortes, *dann muß ja einfach die Sonne scheinen!*

Aber ihre Selbsterheiterungsversuche und all das Schöne halfen über den Ernst der Lage nicht hinweg. Sie war spät dran. Und das war schlimm. Du lieber Himmel, eine solche Einladung zu erhalten und dann unpünktlich zu sein! Das war einfach ungehörig.

Aber der Franzl mußte sich an die Vorschriften der Straßenverkehrsordnung halten. Schneller als die Polizei erlaubte sollte er denn auch nicht fahren. Wegen eines hektischen Frauenzimmers, so sagte sich Resi, durfte der arme Kerl doch nicht mit dem Gesetz in Konflikt kommen.

Also lehnte sie sich zurück, faltete die Hände auf dem Schoß und versuchte, sich zu entspannen, was für eine vielbeschäftigte Pensionswirtin nicht immer ganz einfach war. Zumal sie außerdem noch ihren Buben im Haus wohnen hatte. Und das konnten bestimmt alle Mütter bestätigen: Kinder halten einen ständig auf Trab, solange man sie unter dem eigenen Dach beherbergt.

In ihrem Fall war es häufig sogar atemberaubend. Denn ihr Bub, der Benno, war nicht nur ein stattlicher Mittvierziger, sondern auch noch Kriminalhauptkommissar. Einer wie im Fernsehen. So einer, der immer dann gerufen wurde, wenn eine Leiche gefunden wurde. Allerdings war der Benno nur für die »unnatürlichen Leichen« zuständig – die armen Menschen also, die eines unnatürlichen Todes gestorben waren. So hieß das in der Fachsprache der Polizei.

Und was sich dahinter verbarg, war meist ganz schön aufregend. In Gedanken war Resi immer dabei, wenn ihr Bub einen Mordfall löste. Ja, und sie hatte ihm schon so manchen wichtigen Hinweis gegeben. Als Mutter kennt man schließlich die Schwächen seines eigenen Sohns genausogut wie seine Stärken.

Wenn der Bub also mal die Zusammenhänge nicht richtig erkannte, dann war sie es, die ihn mit der Nase darauf stieß – beim Frühstück, beim Mittagessen oder beim Abendessen. Die Unterstützung war sie ihm als Mutter schuldig, auch wenn es ihr bisweilen die Nerven zerfetzte.

So aufgeregt wie heute allerdings war sie zuletzt vor fünfundfünfzig Jahren gewesen, wenn sie sich recht erinnerte. Jedoch war das eine völlig andere Sorte Aufregung gewesen. Dieses Gefühl, zu unbekannten Gestaden aufzubrechen, mit einem Quentchen Abenteuerlust angereichert.

Damals war's der erste Schulausflug gewesen, nach München, in die große, ferne Welt.

Heute war's die Trachten-Modenschau im »Tölzer Hof«. Ein glanzvolles gesellschaftliches Ereignis in einem der ersten Häuser am Platze – so hatte die Zeitung es genannt. Viele Prominente würden erwartet, hieß es weiter, alles, was in Bad Tölz und Umgebung Rang und Namen hatte. Natürlich würde auch der Herr Landrat es sich nicht nehmen lassen, persönlich anwesend zu sein.

Ja, die Zeitungsleut' wußten schon, wer Respekt verdiente. Manchmal machte es Resi sehr zu schaffen, daß der Benno so gar nichts von diesem Respekt verspürte.

»Amigos« nannte er sie geringschätzig – die hohen Herren, die in der Zeitung immerhin als das gewürdigt wurden, was sie für Resi und die große Mehrheit der Einwohner waren: namhafte Persönlichkeiten des öffentlichen Lebens.

Resi saß im Fond des schönen neuen Mercedes-Taxis, auf der rechten Seite. Sie fühlte sich ein wenig fehl am Platze, hätte lieber auf dem Beifahrersitz gesessen. Aber der Franzl hatte ihr einen Rat gegeben, aus seiner langjährigen Berufserfahrung.

Wenn S' vor so einem First Class Hotel vorfahren, Frau Berghammer, dann müssen S' Eindruck schinden. Wichtige Gäste sitzen hinten im Taxi und lassen sich die Tür aufmachen.

Resi hatte erwidern wollen, daß sie die Einladung nicht erhalten hatte, weil sie eine wichtige Person *war*, sondern weil sie eine wichtige Person *kannte.*

Wenigstens hatte sie sich dem Anlaß entsprechend kleiden können, und das verdankte sie ihrer seligen

Großmama. Von ihr stammte das originale Tölzer Dirndl, das sie trug – nicht etwa aus einem Trachtengeschäft. Bestimmt würde sie deshalb in wenigen Minuten, im »Tölzer Hof‹, bewundernde Blicke ernten. Fachleut' würden ja in ausreichender Zahl vertreten sein. Und wer etwas von Trachten verstand, der würde Großmamas Dirndl sogleich als etwas ganz Besonderes erkennen. Etwas, das man heute nur noch zu horrenden Preisen kaufen konnte.

Festlich herausgeputzt, wie sie war, mit einem Taxifahrer, der fast so etwas wie ein Privatchauffeur war, konnte sie ihre Aufregung kaum verbergen. Daß sie einmal derart nobel vor dem »Tölzer Hof« vorfahren würde, hatte sich Resi in ihrem Leben nicht träumen lassen.

Ganz im Gegensatz zu ihrem eigenen Buben war der Huber Franzl ein wortkarger Bursch. Ruhig und unerschütterlich saß er hinter dem Lenkrad, und es hatte wahrhaftig den Anschein, als würde das große, teure Taxi von selbst dahingleiten. Als würde der große, kräftige Kerl es allein mit der Kraft seiner Anwesenheit lenken.

Der Franzl hatte seiner Mama viel Freude gemacht. Drei Enkelkinder hatte er ihr geschenkt, zwei Buben und ein Mädchen. Franzls Frau arbeitete als Verkäuferin in einer Bäckerei, und seine Mama war jeden Tag gefordert, als – wie sagte man heute? – Bezugsperson für ihre Enkel. Das reichte vom Mittagessen über das Beaufsichtigen der Schulaufgaben bis zum Abendessen.

Resi hatte ihrem Benno oft genug gesagt, daß sie schon mit viel weniger zufrieden sein würde. Eine nette Schwiegertochter war sogar in greifbarer Nähe. Sabrina Lorenz, seine Kollegin, war genau die Richtige für ihn. Obwohl die fesche Kommissarin eine Preußin war, aus Berlin, hatte Resi sie auf Anhieb in ihr Herz geschlossen.

Und ein einziges Enkelkind würde für den Anfang auch reichen. Die beruflichen Voraussetzungen waren bei Benno und Sabrina geradezu ideal. Beide waren täglich stark eingespannt, und die vielen Mordfälle verursachten entsprechend viele Überstunden. In einem solchen Fall gab es keine wichtigere Person als die Großmutter.

Aber leider, leider wollte der Bub von dem Thema nichts mehr hören. Er war auf dem Ohr richtig taub geworden. Dabei konnte man ihm nicht einmal böse sein. Das war für Resi völlig unmöglich, wenn er sie ansah und sein verschmitztes Lächeln aufsetzte. Niemand konnte so herrlich lächeln wie der Benno, und er wußte ganz genau, daß er seiner Mama damit jeglichen Wind aus den Segeln nehmen konnte.

Franzl lenkte das Taxi in die Zufahrtsstraße zum Hotel. Schon von weitem war der prachtvolle Bau zu sehen. Ein regelrechter Palast; bestimmt hatte er fünf Sterne.

Resi verspürte den ersten Anflug von Ehrfurcht.

Benno hätte dafür nur ein spöttisches Grinsen übriggehabt. So ein Hotel war für ihn nur ein zweckbestimmtes Gebäude, ob es nun fünf Sterne hatte oder nur einen. Und die Menschen, die in so einem Luxushotel verkehrten, waren für Benno allesamt potentielle Amigos – mitsamt Gefolge und Speichelleckern.

Insofern war Resi froh, daß der Bub sie nicht

begleitete. Wenn sie seine abfälligen Bemerkungen hörte, konnte sie eine solche glanzvolle Veranstaltung nicht mehr genießen. Noch viel weniger konnte sie dann all die schönen, einflußreichen Menschen bewundern.

Denn genau das hatte sie sich für die nächsten Stunden vorgenommen.

Schwungvoll lenkte der Huber Franzl sein Taxi auf den Vorplatz des Hotels. Resi las die Digitalanzeige des elektronischen Taxameters ab und drückte ihrem Chauffeur rasch zwei 20-Mark-Scheine in die Hand, was ein ordentliches Trinkgeld einschloß.

»Stimmt so«, sagte sie, während sie schon selbst die Tür öffnete und sich hinausschwang. »Und dank dir, Franzl.«

»Das macht fünfunddreißig Mark zwanzig, Frau Berghammer«, sagte er in seiner behäbigen Art. Als er von der Digitalanzeige aufblickte, war sein Fahrgast bereits draußen und warf die Tür zu.

Resi eilte auf das Portal zu.

Ihr Herz klopfte, und bestimmt war ihr Gesicht rot wie eine Tomate. Keine Menschenseele war vor dem Eingang und unter dem Vordach des Hotels zu sehen. Niemand hatte ihre Ankunft beobachtet, niemand hatte ihr den Schlag geöffnet. Franzls professionelle Ratschläge waren wirkungslos verpufft.

Mangels Publikum hatte Resis verspätetes Eintreffen nichts Grandioses. Eher kam sie sich klein und hechelnd vor, wie auf der Schulwanderung, wo sie getrödelt und geträumt hatte und sich plötzlich einsam und allein in der Landschaft wiederfand. So, wie sie damals zu den anderen aufschließen und sich deren Gespött aussetzen mußte, fühlte sie sich auch jetzt.

Alle waren schon da, alle hielten sich an die festgesetzten Zeiten, nur für die Resi Berghammer mußte wieder mal eine Extrawurst gebraten werden. Sie war ärgerlich über sich selbst. Und wenn sie ehrlich war, fürchtete sie sich ein wenig davor, den großen, luxuriösen Saal der Trachten-Modenschau zu betreten und die Aufmerksamkeit all der vornehmen Leut' zu erwecken.

Auch die Empfangshalle war leer.

Fast leer.

Resi verharrte bei der Flügeltür und schöpfte Atem. Sie sah sich um und entdeckte als einzige Anwesende den Empfangschef hinter dem Tresen der Rezeption im Gespräch mit einem Hotelgast. Die beiden redeten angeregt miteinander. Der Gast trug zünftige Wanderkleidung; ihm war anzusehen, daß er an nichts gespart hatte. Vom Gamsbarthut bis zu den Wanderstiefeln war alles vom Feinsten, in einem der exklusiven Fachgeschäfte am Ort eingekauft.

Resi hatte einen Blick für solche Einzelheiten, wußte sie doch, welche Maßstäbe die Damen und Herren der Tölzer Gesellschaft anzulegen pflegten. Auch der Bergstecken des Herrn vor der Rezeption war nicht einfach ein langes Stück Holz, sondern eines, das mit silbernen Beschlägen zu einem teuren Vorzeige-Objekt aufgewertet worden war.

Da sonst niemand zu sehen war, faßte Resi sich ein Herz und eilte auf die Rezeption zu.

»Entschuldigen S'!« rief sie, noch immer außer Atem. »Wo ist denn die Trachten-Modenschau?«

Der Empfangschef, ein eleganter Herr mittleren Alters, verzog unwillig das Gesicht.

»Entschuldigen Sie, Herr Doktor«, unterbrach er sein Gespräch mit dem Gast im exklusiven Wander-Look.

Herablassend wandte er sich der grauhaarigen Frau im Edel-Dirndl zu. »Die findet im Festsaal statt – allerdings nur für geladene Gäste.«

»Aber ich *bin* geladen!« trumpfte Resi auf. Sie maß den Eleganten mit einem mißbilligenden Blick. »Na, Sie sind mir vielleicht der Richtige! Ich kenne Ihre Chefin schon aus der Volksschule. Sie hat mir höchstpersönlich eine Einladung geschickt. Bitte ...« Sie nestelte an ihrer Handtasche und schaffte es schließlich, sie zu öffnen. Stolz holte sie die Faltkarte hervor, in deren vorgedruckten Text mit schwungvollen Lettern ihr Name geschrieben war. »...überzeugen Sie sich!«

Sie hielt ihm die Karte hin.

Der Empfangschef warf nur einen flüchtigen Blick darauf.

»Rechts die Treppe hoch«, sagte er nach einem genervten Seufzen. Dann wandte er sich wieder dem offenbar geschätzten Gast zu. »Und wie war Ihre Bergtour?«

Resi hatte sich bereits von der Rezeption abgewandt. Suchend sah sie sich um.

»Phantastisch«, hörte sie den zahlungskräftigen Wandersmann antworten. »Hat sich wirklich gelohnt. Na, ein kleiner Muskelkater gehört wohl dazu.«

Unterdessen verharrte Resi mitten in der Halle. Sie fühlte sich kein bißchen schlauer als vorher. Was hatte dieser blasierte Mensch gemeint? Rechts von ihr oder rechts von sich selbst? Die Halle mit den vielen abzweigenden Türen und Gängen war der reinste Irrgarten. Wobei die Bezeichnung nicht einmal abwegig war, denn eine große Anzahl von Zimmerpalmen und anderen Kübelbäumen, in Verbindung mit viel Fensterfläche, gaben der Einrichtung etwas Gartenhaftes.

Während sie sich noch mit dem Suchen plagte, erblickte sie einen jungen Mann. Er betrat die Halle und begann, das Labyrinth zielstrebig zu durchqueren.

Resi folgte ihm, ohne zu überlegen.

Er war ein ausgesprochen gutaussehender junger Mann. Doch das hätte Resi in ihrem Alter nicht mehr veranlaßt, ihm nachzulaufen. Nein, es lag an seiner Kleidung, daß sie sich an seine Fersen heftete.

Er trug eine reichverzierte hirschlederne Kniebundhose über prachtvoll bestickten Wadenstrümpfen, dazu ein weißes Trachtenhemd und Hosenträger, die im Stil der Hirschledernen gestaltet waren. Der junge Mann hätte ein Fotomodell sein können, so fesch, wie er aussah. Man konnte meinen, ihn schon einmal in einem dieser Kataloge gesehen zu haben. Natürlich in so einem Hochglanz-Blätterwerk für die exklusiven, teuren Trachtenmoden. Für etwas Geringeres brauchte sich dieses hoffnungsvolle Mannsbild gar nicht erst herzugeben.

Möglich aber auch, daß er auf den Laufsteg wollte – daß er zu den Mitwirkenden der Trachten-Modenschau gehörte. Dann war er ein – Mannequin?

Resi dachte angestrengt nach, während sie ihm eine breite Treppe hinauf folgte.

War ein Mannequin ein Mann, obwohl sie den Ausdruck immer für die schönen jungen Frauen auf den Laufstegen gebrauchten?

Mannequin klang ja eigentlich nach *Mann*. Ein bisserl Ähnlichkeit hatte es schon mit diesem preußischen Wort, das die Sabrina oft gebrauchte. *Männeken*. Oder so ähnlich. Das bedeutete soviel wie »kleiner Mann«.

Nein, irgend etwas konnte da nicht stimmen. Weil *Mannequin* ein französisches Wort war, verhielt es sich wohl etwas anders. Aber wenn die Franzosen schon alles anders machen mußten, warum konnten sie dann nicht gleich eine männliche Form von *Mannequin* mitliefern?

Madelquin zum Beispiel, wenn's denn schon anders herum sein mußte.

Die strammen Waden des schönen jungen Herrn fest im Blick, gelangte Resi zu der Erkenntnis, daß es noch ein weiter Weg war bis zur europäischen Einheitlichkeit.

In Deutschland hatte sich nun mal der Grundsatz durchgesetzt, daß es für alles eine weibliche und eine männliche Form zu geben hatte.

Zum Beispiel die lieben BürgerInnen.

Benno hatte ihr erklärt, wie man die freundliche Anrede in Briefen aus dem Amt zu verstehen hatte. Nicht etwa als »Bürger und Innen«, sondern als »Bürgerinnen und Bürger«. Resi hatte eine Weile gebraucht, bis sie das mit der Reihenfolge verstanden hatte.

Und die sehr geehrten HerrInnen?

Warum es die nun wiederum nicht gab, hatte Benno ihr auch nicht erklären können. Da mußte man sich eben einprägen, daß es als Sonderregelung die Damen gab, als Gegenstück zu den Herren.

Benno meinte sowieso, daß noch sehr viel Zeit ins Land gehen würde, bis die zuständigen Damen von der Befreiungsfront alles Männliche verweiblicht hatten. Und wenn sie das in Deutschland geschafft hatten, war noch lange keine Ruh. Dann wollte der Rest Europas bekehrt werden.

Eine gigantische Aufgabe für die weiblichkeitsbewußt denkenden Damen, sagte der Benno. Man brauche doch nur an die Franzosen, die Spanier und die Italiener zu denken. Die seien ja noch ziemlich larifari in solchen Sachen. Verweiblichung und Weiblichkeits-Männlichkeits-Abgrenzung seien da unten noch echte Missionarsarbeit.

Resi korrigierte sich in Gedanken: MissionarInnen-Arbeit.

Ein Trost, daß sie sich auch im Bundestag darüber nicht einig waren. Da hatte doch wahrhaftig eine Frau gegen die Anrede »Liebe Mitgliederinnen und Mitglieder« protestiert. Eine Frau! Das mußte man sich nur mal vorstellen.

Benno sagte, »das Mitglied« sei sächlich, also weder männlich noch weiblich. Und sächliche Wörter seien vorerst noch von der Verweiblichung ausgeschlossen. Deshalb habe die Dame im Bundestag schon recht gehabt mit ihrem Protest.

Resi hatte fast zu dem gutaussehenden jungen Mann aufgeschlossen, als sie den oberen Flur erreichten.

Richtig gelassen sah er aus, wie er so dahinschlenderte.

Cool – sagte man heutzutage.

Sogar die alten Männer in der Schweiz waren so fortschrittlich, das zu sagen.

Cool, wie er war, strebte der junge Mann in Richtung Festsaal. Resi beschleunigte ihre Schritte noch einmal. Und dann, als sie neben ihm war und den dezenten Duft eines sehr teuren Rasierwassers wahrnahm, sprach sie ihn an.

»Entschuldigen S'«, sagte sie außer Atem. »Sie haben doch nichts dagegen, wenn ich mit Ihnen hineingehe? Ich bin ja so froh, daß ich nicht die einzige bin, die zu spät dran ist!«

Der fesche Bub war stehengeblieben.

»Kommen Sie erst mal zu Atem«, riet er und lächelte freundlich. »Sonst sind Sie schon von vornherein im Nachteil.«

Resi blinzelte irritiert.

»Ja, aber – dann wird es ja immer noch später!«

»Na und?« entgegnete der junge Mann. Seine Miene strahlte Überlegenheit aus. »Haben wir es nötig, pünktlich zu sein?« Langsam ging er weiter.

Resi blieb an seiner Seite und sah ihn bewundernd und zugleich irritiert an. Dann schmunzelte sie.

»Sie sind ja ein ganz Ausgefuchster, was? Aber recht haben Sie. Schließlich kann ich nichts dafür. Gerade als ich daheim zur Tür hinaus wollte, kommt ein Pensionsgast – ich habe nämlich eine Pension – und beschwert sich über einen tropfenden Wasserhahn. Da redet dieser Mensch eine geschlagene Viertelstunde über seinen tropfenden Wasserhahn. Und was war? Mein Taxi war wieder weg. Das ich extra bestellt hab! Ich zum Telefon und die Taxizentrale angerufen, aber da war besetzt …«

Es tat ihr leid, den ihrer Meinung nach spannenden Bericht unterbrechen zu müssen, aber sie hatten die

Tür zum Festsaal erreicht. Ein Hotelangestellter, ähnlich elegant wie der Empfangschef, stand davor wie ein Palastwächter.

»Grüß Gott, Herr Wendl«, sagte er mit einer Verbeugung und ließ den jungen Mann eintreten, ohne überhaupt nach seiner Einladung zu fragen.

Doch Resi trat er in den Weg.

»Darf ich Ihre Einladung sehen?« sagte er von oben herab.

Resi wollte ihre Handtasche öffnen, um die Karte herauszuholen, doch der freundliche Herr Wendl drehte sich um und wies den Angestellten zurecht.

»Die Dame gehört zu mir«, erklärte er knapp und bestimmend.

Der Angestellte verbeugte sich abermals und trat sofort zur Seite.

»Bitte, gnädige Frau.« Er war wie umgewandelt und sein Ton richtig unterwürfig.

Resi atmete auf. Endlich hatte sie alle Hürden genommen. Die Weite des Festsaals lag vor ihr – atemberaubend in seiner strahlenden Eleganz.

Sie blieb neben ihrem freundlichen Wegbegleiter stehen und konnte sich nicht sattsehen an all dem Glanz.

Die Modenschau hatte bereits begonnen, doch das erschien Resi in Anbetracht der grandiosen Festlichkeit beinahe nebensächlich. Die vielen Menschen – überwiegend Frauen – in ihrer wunderschönen Kleidung zu sehen war der reinste Augenschmaus. Dazu gehörte natürlich vor allem der kostbare Schmuck der Damen, der wohl Millionen wert war, wenn man alles zusammenrechnete.

Das Kaffeegeschirr auf den Tischen und die Speisen waren von erlesener Güte. Resi konnte nicht einmal davon träumen, ihren Pensionsgästen etwas derart Kostspieliges zu servieren.

Auch etliche männliche Gäste waren anwesend. Logischerweise handelte es sich um jene, die man regelmäßig auf Fotos in der Lokalzeitung sehen konnte! Ein bedeutender Teil der Prominenz aus Stadt und Landkreis war versammelt. Die Journalisten hatten also nicht zuviel versprochen. Es war ein wirklich hochrangiges gesellschaftliches Ereignis.

Resi war vor Ehrfurcht fast erstarrt.

Doch der junge Mann an ihrer Seite war nach wie vor die Gelassenheit in Person. Suchend spähte er über die Köpfe der Anwesenden hinweg.

Erst nachdem Resi alles andere gesehen hatte, widmete sie ihre Aufmerksamkeit dem Geschehen auf dem Laufsteg.

Ein Zitherspieler sorgte für leise und sehr passende musikalische Untermalung.

Eine elegante gutaussehende Ansagerin sprach überaus fachkundig in ein Mikrofon. Resi hörte das sofort heraus, obwohl sie bis jetzt noch nicht einmal konzentriert zugehört hatte. Doch die knappen und zugleich treffenden Kommentare der Dame bewiesen, daß sie etwas von der Sache verstand. Verarbeitung und Chic der vorgeführten Trachtenmodelle bewiesen, daß es sich um ausgesuchte Qualität handelte.

»Ein besonderer Applaus für unseren Dressman Wolfi!« sprach die Ansagerin. »Er zeigt uns eine hirschlederne Bundhose – das Spitzenmodell unserer heutigen Veranstaltung …«

Dressman – das war das Wort.

Wenn man wollte, konnte man es auf zwei verschiedene Weisen übersetzen, sagte Benno.

Kleidmann. Oder *Anziehmann.*

Weshalb die Mannequins das Recht hatten, eine aus dem Französischen entlehnte Bezeichnung für ihren Beruf zu verwenden und ihre Kollegen mit einem spröden und noch dazu unpassenden Wort aus der englischen Sprache vorliebnehmen mußten – nun, das blieb wohl das Geheimnis der Branche.

Resi hörte der Ansagerin nicht weiter zu; sie konnte nicht anders, sie mußte ihren Blick noch einmal über das herrliche Gesamtbild schweifen lassen.

»Mein Gott, ist das alles schön!« flüsterte sie ehrfurchtsvoll – mehr zu sich selbst.

Der junge Mann hörte es dennoch. Lächelnd wandte er sich ihr zu. »Vergessen Sie nicht: Wie man auftritt, so wird man behandelt. Also niemals den eigenen Wert in Frage stellen!« Er nickte ihr noch einmal aufmunternd zu und ließ sie dann allein.

Resi blickte ihm bewundernd nach, wie er sich zu einem der Tische in der Nähe des Laufstegs begab. Zu den Gästen an diesem Tisch gehörten Margit Wohlschlager und ihre vierzehnjährige Tochter Denise.

Resi erkannte die beiden sofort. Erstaunt beobachtete sie, auf welch unterschiedliche Weise sie den gutaussehenden Herrn Wendl begrüßten.

Während Margit auf seine Begrüßung überaus kühl reagierte, begrüßte Denise ihn mit einem strahlenden Lächeln. Geradezu schwärmerisch blickte sie zu ihm auf.

Als der junge Mann seinen Weg fortsetzte, fiel Resi

ein, daß sie nun auch nicht länger an der Tür stehenbleiben und die Leute anstarren konnte. Das schickte sich einfach nicht.

Selbstredend wagte sie es nicht, mitten durch den Saal zu spazieren, wie der selbstsichere Herr Wendl es tat. Dazu fehlte ihr denn doch der Mut. Sie blieb am Rand des Saals und entdeckte schließlich einen freien Stuhl an einem Tisch in der Ecke.

Fragend sah sie die Dame rechts neben dem freien Stuhl an. Die Dame war so vornehm wie alle anderen Anwesenden. Sie bemerkte Resis Blick und nickte ihr knapp zu.

Nachdem Resi sich mit einem Zurücknicken bedankt hatte, setzte sie sich und widmete ihre Aufmerksamkeit den wunderschönen Trachten, die auf dem Laufsteg vorgeführt wurden.

Erst nach einer Weile bemerkte sie wieder den gutaussehenden jungen Mann, der immer noch von Tisch zu Tisch unterwegs war. Mittlerweile hatte er einen Tisch direkt am Laufsteg erreicht.

Resi stockte der Atem.

Die Frau des Herrn Landrats Wallner saß an dem Tisch, neben ihr Katja Flemisch, die Verlobte des Baugroßunternehmers Rambold. Die beiden Damen begrüßten den jungen Herrn Wendl mit ausgesuchter Freundlichkeit.

Frau Wallner nahm denn auch sofort ihre Handtasche von dem freien Platz neben sich und forderte den Gutaussehenden auf, sich zu setzen. Dieser folgte der Einladung mit einer Verbeugung und einem hinreißenden Lächeln.

Resi konnte es kaum glauben. Der Herr Wendl saß

nun auf dem Platz von keinem geringeren als dem Herrn Landrat persönlich. Dieser hatte der Veranstaltung natürlich nur zur Eröffnung beigewohnt. Die vielen Auftritte in der Öffentlichkeit zwecks Repräsentation ließen ihn von einem Termin zum anderen eilen.

Folglich mußte der junge Mann trotz seines Alters, Resi schätzte ihn auf Anfang Dreißig, schon einen bedeutenden Namen haben.

Nun waren es wieder Mannequins, die auf dem Laufsteg daher wandelten. Bei einer jungen Kellnerin bestellte Resi ein Kännchen Kaffee und ein Stück Prinzregententorte.

Die Abenddirndl, die jetzt vorgeführt wurden, faszinierten Resi geradezu. Sie war derart von der Vorführung eingenommen, daß sie regelrecht erschrak, als die Bedienung ihr den Kaffee und die Torte brachte. Die Unterbrechung lenkte Resi ab. Ohne daß sie es wollte, fiel ihr Blick wieder auf den sympathischen jungen Herrn, mit dem sie hereingekommen war.

Er saß noch immer an dem ranghöchsten Tisch im Saal.

Sein Handy mußte geklingelt haben.

Er zog es aus der Hosentasche und meldete sich. Dann wandte er sich zur Seite, um Frau Wallner und Katja Flemisch nicht zu stören. Er hatte das Handy am Ohr und hörte die ganze Zeit nur zu.

Erst als Resi sich Kaffee eingeschenkt hatte, sah sie, wie Herr Wendl nickte und etwas antwortete. Dann schaltete er das Handy aus und steckte es wieder ein. Nachdem er den Damen an seinem Tisch offenbar eine kurze Erklärung gegeben hatte, stand er auf und ging auf die Fensterfront des Saals zu.

Diesmal bewegte er sich zielstrebig, und wieder zeigte sich, daß er sich in dem Hotel offenbar genau auskannte. Denn er schob den zugezogenen Vorhang an der richtigen Stelle auseinander, um eine dahinter liegende Terrassentür zu öffnen. Er trat ins Freie und lehnte die Tür an.

Resi Berghammer konzentrierte sich jedoch wieder auf die Modenschau. Sie war es wert. Darüber konnte sie sich ein Urteil erlauben.

Der schwere Toyota Land Cruiser fuhr über die Zufahrtsstraße des Hotels hoch. Das Brummen des Sechszylinder-Motors wurde vom Geräusch der schweren Geländereifen noch übertönt.

Der Mann am Lenkrad, Vitus Sagstetter, war Ende Zwanzig. Er hatte die Fensterscheibe auf seiner Seite geöffnet und ließ sich den milden Fahrtwind ins Gesicht fächern.

Er passierte den großen, parkähnlichen Garten des »Tölzer Hofs«.

Es war der Augenblick, in dem Raimund Wendl auf die erhöht gelegene Terrasse trat und sich suchend umschaute.

Sagstetter trat unwillkürlich auf die Bremse. Er beobachtete seinen Altersgenossen in der Hirschledernen und sah, wie dieser sich schließlich der Freitreppe zuwandte, die in den Garten hinunterführte.

Aus dem Garten kam jetzt ein Mann zum Vorschein, den Vitus Sagstetter ebenfalls kannte.

Es war der Notar Rudolf Wohlschlager.

Sofort vertiefen sich die beiden Männer in eine

offensichtlich erregte Unterhaltung. Heftig gestikulierend gingen sie gemeinsam die Freitreppe hinunter.

Vitus Sagstetters Miene verhärtete sich.

Raimund Wendl gehörte eindeutig nicht zu seinen Freunden.

Tosender Applaus erfüllte den Saal, und sogar einige Jauchzer wurden laut, als die Modenschau mit ihrem Ende zugleich den glanzvollen Höhepunkt erreichte. Die Musik des Zitherspielers ging in der Begeisterung vollständig unter, und auch die Ansagerin mußte eine Pause einlegen, ehe sie wieder zu Wort kam.

Ein Hochzeitsdirndl wurde gezeigt.

Dem jungen, hübschen Mannequin, das es vorführte, gingen zwei kleine Mädchen voran. Sie streuten Blumen für die Braut und waren ebenfalls in schmucke Tracht gekleidet.

Der Beifall wollte kein Ende nehmen.

Resi war so entzückt wie alle anderen im Saal.

Sie stellte sich ihren Buben an der Seite dieser hinreißenden Braut vor. Benno, in einem festlichen dunklen Trachtenanzug, würde der perfekte Bräutigam sein – stattliches und gestandenes Mannsbild, das er war.

Manche Leut' bezeichneten ihn als schwergewichtig oder gar dick. Doch solche boshaften Bemerkungen nahm Resi gar nicht erst zur Kenntnis. Gewiß, dem Buben würde es nicht schaden, wenn er ein paar Kilo abnahm. Aber wem ging das heutzutage nicht so, in der Zeit des Wohlstands und des damit verbundenen Überangebots an wohlschmeckenden Speisen?

Es schien ein Zufall zu sein, und doch war es merkwürdig, daß sie ausgerechnet in diesem Augenblick des allgemeinen Jubels wieder auf den gutaussehenden jungen Mann aufmerksam wurde.

Er kam genau dort herein, wo er hinausgegangen war – durch die Terrassentür.

Resi wollte sich wieder dem Hochzeitsdirndl zuwenden, doch ein plötzlicher Impuls veranlaßte sie, den jungen Mann genauer anzusehen.

Etwas schien mit ihm nicht zu stimmen.

Sein Gesicht war seltsam angespannt, eigentlich sogar schon verzerrt. Alle Freundlichkeit und Selbstsicherheit waren von ihm abgefallen. Weder schloß er die Terrassentür, noch schien es ihn zu stören, daß der Vorhang an seiner Schulter hängenblieb, denn er ging einfach weiter.

Doch auch sein Gang war auf einmal ganz verändert.

Resi verspürte Besorgnis.

Der Gang des jungen Mannes hatte sich sogar erheblich verändert. Aber es konnte doch unmöglich sein, daß er sich in der kurzen Zeit betrunken hatte. Allerdings war seine Haltung leicht gekrümmt. Vielleicht fühlte er sich also nur unwohl.

Nein, es mußte mehr sein als das.

Resis Besorgnis wuchs. Unwillkürlich erhob sie sich langsam von ihrem Stuhl.

Denn der Gang des jungen Mannes war nunmehr ein richtiges Taumeln. Nur noch mit größter Mühe konnte er sich aufrecht halten.

Er wankte auf einen der Tische zu.

Die Damen an dem Tisch sprangen erschrocken auf,

wichen zurück – rechtzeitig noch, denn nun geschah das Unfaßbare.

Der junge Mann stürzte quer über den Tisch, riß ihn um, und das Geschirr ergoß sich auf den Fußboden und zerbrach in einer klirrenden Scherbenflut.

Die Damen, die an diesem Tisch gesessen hatten, schrien auf. Entsetzensschreie ertönten auch an den benachbarten Tischen und schienen sich im Raum auszubreiten.

Denn nun sahen alle, was geschehen war.

Der junge Mann war reglos liegengeblieben, mit dem Gesicht nach unten.

Auf dem Rücken seines weißen Trachtenhemds breitete sich rasch ein Blutfleck aus, der immer größer wurde.

Das Entsetzen hielt an. Jemand rief nach einem Arzt, andere nach einem Rettungswagen.

Resi stand an ihrem Tisch und starrte auf den armen Herrn Wendl. Es sah nicht gut aus. Eine böse Ahnung sagte ihr, daß er tot war. Vielleicht war es auch die kriminalistische Berufserfahrung, die sich von Benno auf sie übertragen hatte.

2. *Kapitel*

Personalien

Benno Berghammer hockte an seinem Schreibtisch, im Dienstzimmer, und blätterte und blätterte. Das Kunstdruckpapier des Katalogs war so glatt wie all die Lackaffen, die er zeigte.

Exquisite Trachtenmoden für den heimatverbundenen Mann von Welt.

Schmarrn! Vor allem betucht mußte sie sein, die Zielgruppe für dieses Zeug. Aber das konnten sich die heimatverbundenen Leser des Katalogs selbst zusammenreimen. Unter jedem Bild standen neben den schwülstigen Texten die horrenden Preise, als handelte es sich um die größte Selbstverständlichkeit.

Benno fragte sich ernsthaft, ob die Preise den Tatbestand des Wuchers erfüllten.

Seine Kollegin Sabrina, dunkelhaarig und bezaubernd anzusehen wie immer, kehrte vom Kurzeinkauf zurück. Mit einer prallgefüllten Obsttüte in der Hand betrat sie das Büro.

»Jetzt rate mal, was so eine hirschlederne Bundhose kostet!« rief Benno.

Sabrina kam herüber, öffnete die Obsttüte und blickte ihrem Kollegen über die Schulter. So viel charmant lächelnde Männlichkeit auf einmal war schlicht überwältigend.

»Ich wage es nicht auszusprechen«, sagte sie schwärmerisch, »aber es gibt Männer, die wahnsinnig sexy darin aussehen.« Sie hielt ihm die Tüte hin. »Magst du ein paar Kirschen?«

»Sexy?« Benno fixierte die bunten Bilder stirnrunzelnd. Dann fiel sein Blick auf die Tüte. »Nein, danke, nicht nach drei Tassen Kaffee. Ich hab' schon von dem Katalog Bauchweh.«

Sabrina lächelte verständnisvoll.

»Ich wasche sie erst mal.« Sie wandte sich ab und trug die Kirschen in Richtung Kochnische. »Du kannst dann später noch zugreifen. Sie sind jetzt unglaublich süß – und spottbillig!«

Benno war immer noch mit dem Katalog beschäftigt.

»Außerdem steht mir so was überhaupt nicht«, murmelte er, in den Anblick der Dressmen versunken, die samt und sonders einer niederigeren Gewichtsklasse angehörten als er. Sabrina leerte den Inhalt der Obsttüte ins Spülbecken.

»Bescheidene Frage«, rief sie. »Wieso siehst du dir dann diesen Katalog an?« Sie ließ Wasser einlaufen und begann, die Kirschen gründlich zu waschen.

Benno hob den Kopf, blickte zu ihr hinüber und lächelte zerknirscht.

»Weil mir die Mama ihn in die Hand gedrückt hat«, gestand er. »Und wenn ich heute abend heimkomme, fragt sie garantiert, ob ich ihn angeschaut hab'. Sie ist momentan auf dem Trachten-Trip, und keine Sau weiß, warum.«

Sabrina lachte.

»Finde es heraus! Das ist dein Beruf.«

Benno wiegte den Kopf.

»Sie sagt, ich müßte irgendwie anders daherkommen.

»Wozu?« Sabrina hob die Kirschen aus dem Becken und breitete sie zum Abtropfen aus.

»Das ist ihr Geheimnis.« Benno grinste. »Und bleibt es hoffentlich auch.« Er klappte den Katalog zu und warf ihn auf Sabrinas Schreibtisch.

Mißmutig nahm er sich einen Stapel Protokolle vor, die von Streifenpolizisten geschrieben worden waren. Seine Laune war auf einem Tiefpunkt angelangt. Weshalb, in aller Welt, zwang die Mama ihn, diese schlanken und ranken jungen Kerle in ihrem teuren Trachten-Outfit anzusehen? Sollte das so eine Art Wink mit dem Zaunpfahl sein?

Recht so! Erst die frühkindlichen Erziehungsfehler – *Iß deinen Teller leer, Bennobua, sonst scheint die Sonne nicht!* – und dann die spätmütterlichen Einsichten. Wenn die letzteren wenigstens konsequent wären! Aber nein, die Teller mußten immer noch geleert werden, aus Sonnenscheingründen. Nachdem eine teuflische mütterliche Fürsorge dazu geführt hatte, daß eben diese Teller zuvor mit den leckersten Lieblingsspeisen des Benno-Buben gefüllt wurden. Wie sollte ein Mensch aus einem solchen Teufelskreis entrinnen?

Aussichtslos. Völlig aussichtslos.

Sabrina hatte die Kirschen auf einen Teller gehäuft, nahm zusätzlich einen leeren Teller für die Kerne mit und begab sich an ihren Schreibtisch. Sie ließ sich auf dem Drehstuhl nieder, aß Kirschen und blätterte in dem Trachten-Katalog.

Benno vertiefte sich in das erste Protokoll und bemühte sich, seine Kollegin nicht zu bemerken. Andere Leute essen zu sehen machte ihn in ungünstigen Stimmungslagen stets neidisch. Denn andere Leute, mußte er immer wieder feststellen, konnten soviel essen, wie sie wollten. Er dagegen brauchte nur den Fernsehköchen zwei Minuten lang zuzuschauen, und schon hatte er ein Kilogramm zugenommen.

Nicht, daß er damit nicht zu leben vermochte. Er wußte um seine positive Ausstrahlung. Er strahlte Ruhe aus, flößte Vertrauen ein, wirkte in gespannten Situationen vermittelnd und ausgleichend.

In seiner Funktion als Kriminalbeamter hatte ihn diese Tatsache schon oft entscheidend weitergebracht.

Und vielleicht machte ihn gerade seine physische Erscheinung so erfolgreich.

Nur beim Anblick von Katalog-Schönlingen in Hirschledernen mußte er sich schon fragen, warum für solche Fotos nicht mal Menschen aus dem wirklichen Leben ausgewählt wurden. Menschen mit Bauch beispielsweise. Die waren gegenüber den Schmächtigen ja wohl eindeutig in der Überzahl.

Sabrina störte ihn in seinen Gedanken.

»Sag mal, brauchst du den noch?« erkundigte sie sich und tippte auf den Katalog.

Benno blickte von seinen Strafzetteln auf.

»Zu was brauchst *du* ihn denn?«

»Na, um ihn meinem Freund zu zeigen.« Sabrina beförderte einen Kirschkern auf den dafür vorgesehenen Teller.

Benno mußte feststellen, daß es mit seinem Selbstbewußtstein heute nicht sehr weit her war. Sabrinas Mitteilung ließ seinen Stimmungspegel in den Keller sacken. Das schlimme war, er durfte es sich nicht einmal anmerken lassen.

Sie waren Berufskollegen.

Punkt.

»Wieder ein Neuer?« fragte er und setzte ein bemühtes Schmunzeln auf.

Sabrina war voll damit beschäftigt, ihre Verlegenheit zu verbergen. Sie tat es mit einem verschmitzten Kleinmädchenlächeln, und die flüchtige Röte, die sich jetzt auf ihren Wangen zeigte, stand ihr ausgezeichnet zu ihrem dunklen Haar.

»Wir kennen uns immerhin schon volle drei Wochen«, erwiderte sie und blätterte wieder geschäftig in dem Katalog.

»Dann werde glücklich mit ihm«, erwiderte Benno, und er konnte seinen Mißmut nun nicht mehr verbergen.

»Mit meinem Freund?« Sabrina hob erstaunt die Augenbrauen.

»Mit dem Katalog«, brummte Benno und tat geistesabwesend – so, als interessierte ihn der Freund schon gar nicht mehr. Übertrieben heftig schüttelte er den Kopf und schnalzte dazu tadelnd mit der Zunge.

»Also, was der Kollege Pfeifer so alles fabriziert ...« Er langte nach seinem Kugelschreiber und verbesserte den Bericht wie ein grimmiger Schulmeister.

»›Äußeres‹ schreibt er klein, ›Beweis‹ mit scharfem ›S‹.«

»Er war eben urlaubsreif«, hielt Sabrina dem Kollegen zugute.

»Im dunkeln tappen ...«, murmelte Benno vor sich hin. »Natürlich schreibt er ›dunkeln‹ groß. Der einzige, der im dunkeln tappt, ist er selbst.«

Sabrina vertiefte sich wieder in den Katalog.

»Also, so eine hirschlederne Bundhose hat echt was an sich«, sagte sie begeistert.

Das Telefon auf Bennos Schreibtisch klingelte.

»Achtzehnhundert Mark!« knurrte er, während er abnahm. »Die spinnen ja wohl wirklich!« In den Hörer sagte er: »Berghammer!«

Eine Frauenstimme antwortete – so aufgeregt, daß er sie fast nicht erkannt hätte.

»Ich bin's! Du mußt sofort kommen, Benno, sofort!«

»Mama?« Er sah seine Kollegin vielsagend an, während er weitersprach. »Was soll ich denn auf der Trachten-Modenschau? Ich hab' dir klipp und klar gesagt ...«

Seine Mama unterbrach ihn energisch.

»Hier liegt ein Toter im Saal, Benno! Du mußt sofort herkommen! Er hat ein weißes Hemd an, und auf seinem Hemd ist ein Blutfleck, der immer größer wird.«

»Ein Toter?« echote Benno ungläubig. »Mit einem Blutfleck?«

»Jetzt frag nicht soviel und komm her, bevor ...«

Resi Berghammer unterbrach sich. Aus der Telefonkabine in der Empfangshalle erblickte sie vier bekannte Gesichter – allesamt weibliche Gäste der Modenschau.

Die vier hatten es sehr eilig, die Halle zu durchqueren und den Ausgang zu erreichen.

Sie hatten zwar nicht zusammen am selben Tisch gesessen, aber sie hatten doch etwas Interessantes gemeinsam.

Raimund Wendl, der jetzt tot im Saal lag, hatte sich mit jeder der vier unterhalten.

Erst mit Margit Wohlschlager und ihrer Tochter Denise.

Dann mit Elfriede Wallner und Katja Flemisch.

In schöner Eintracht hasteten die vier Damen nun dem Ausgang zu.

Sie ahnten nicht, daß sie beobachtet wurden. Und noch viel weniger ahnten sie, daß Resi Berghammers kriminalistischer Spürsinn erwacht war.

»Komm her, bevor kein Mensch mehr da ist!« ordnete sie resolut an. »Die ersten hauen schon ab!«

Ohne ihrem Buben Zeit für eine Antwort zu lassen, legte sie auf. Sie wurde im Saal gebraucht. Als stille Beobachterin. Falls es etwas geben sollte, das für Benno von Interesse war, dann würde sie es mitbekommen. Schließlich hatte sie Erfahrung darin, zu seinen Ermittlungen beizutragen.

Aber dieser Fall hatte etwas Besonderes, etwas Einzigartiges.

Sie, die Mama, war vor ihrem Buben am Tatort.

Es krachte in der Leitung. Es hörte sich an, als ob sie den Hörer beim Auflegen zerschmettert hätte.

»Halt! Mama!« rief Benno.

Aber es nützte nichts mehr. Achselzuckend legte er ebenfalls auf.

Sabrina musterte ihn forschend. Manchmal konnte

sie an seinem Gesicht ablesen, was es mit dem jeweiligen Anruf auf sich hatte.

»Was gibt's?« fragte sie.

»Fahren wir erst mal allein hin«, erwiderte er. »Am Ende hat die Mama nur weiße Mäuse und ein bisserl Ketchup gesehen.«

Nahezu synchron erhoben sie sich von ihren Schreibtischstühlen und eilten hinaus.

»Ich hab' gewußt, daß mir der Trachtenschmarrn nur Scherereien bringt«, seufzte Benno, als sie den Polizei-Parkplatz erreichten.

Sie stiegen ein, und er startete den Motor seines BMW 840 bereits, als Sabrina die Tür auf ihrer Seite zuzog und den Sicherheitsgurt anlegte.

»Du hattest dir aber eine andere Art von Schererei vorgestellt«, mutmaßte sie einfühlsam.

Benno preschte los.

»Wie auch immer«, entgegnete er. »Die Mama zieht Scherereien an wie ein Magnet.«

Sabrina lachte und klatschte ihm die flache Hand auf die Schulter.

»Jetzt übertreibst du aber, mein Lieber!«

Irgendwie tat ihm das gut, und er mußte lächeln. Seine Stimmung besserte sich. Und zwar erheblich.

Als sie die Zufahrtsstraße zum Hotel erreichten, sahen sie Bennos Mama schon von weitem.

Aufgeregt lief sie vor dem »Tölzer Hof« hin und her. Dann, als sie den Wagen ihres Sohns endlich erblickte, eilte sie ihm entgegen wie von Furien gehetzt.

Benno parkte seinen BMW hinter dem Rettungswagen, der direkt vor dem Hoteleingang stand.

»Ja, wo bleibt ihr denn so lange?« empfing Resi ihren Buben und seine Kollegin.

Benno beruhigte sie mit einem Lächeln.

»Jetzt sind wir ja da.«

Sabrina trat auf die Mutter ihres Kollegen zu.

»Was ist überhaupt passiert, Frau Berghammer?«

Resi sah die junge Kriminalbeamtin an, als würde sie für so viel Ahnungslosigkeit denn doch kein Verständnis haben.

»Ja, umgebracht ist einer worden!« ereiferte sie sich. »Sonst hätte ich doch nicht angerufen!«

»Umgebracht?« sagte Benno mit einem Anflug von Belustigung. »Woher weißt du denn das?«

Resi maß ihren Sohn mit einem strengen Blick.

»Weil ich's gesehen hab'«, erklärte sie kategorisch.

Und abrupt drehte sie sich um und übernahm die Führung – die Portalstufen hinauf und hinein in die gediegene Atmosphäre der Hotelhalle.

Benno und Sabrina folgten ihr, und in der Halle schlossen sie zu ihr auf. Resi berichtete, wie sich ihre Ankunft hier abgespielt hatte und wie sie dann den netten jungen Mann kennengelernt hatte, der nun niedergemeuchelt in seinem Blut lag. Auf dem Weg zum Festsaal – demselben Weg, den sie mit dem Mordopfer genommen hatte – schilderte Resi das weitere Geschehen, wie sie es erlebt hatte – bis zu jenem dramatischen Höhepunkt, als der arme Herr Wendl von der Terrasse in den Festsaal zurückgekehrt war.

»Ich denk' mir: Was ist mit dem los?« Resi sah ihren Buben mit großen Augen an. »Der schwankt auf einmal so komisch – und schon ist er der Länge nach zusammengebrochen! Mitten unter den Leuten!«

»Hat der Notarzt schon was festgestellt?« fragte Benno.

»Das weiß ich nicht«, entgegnete seine Mama ungnädig. »Daß da nichts mehr zu machen ist, hat ja ein Blinder gesehen.« Sie schüttelte traurig den Kopf. »Nein, so ein sympathischer junger Mensch – und ein Kavalier!«

»Gerade die sterben langsam aus«, bemerkte Sabrina beipflichtend.

Sie näherten sich dem Eingang des Festsaals, als eine Gruppe von Besucherinnen herauskam und in Richtung Empfangshalle strebte.

Benno baute sich vor den Damen auf und breitete die Arme aus. Freundlich lächelnd, aber sehr bestimmt sagte er: »Meine Damen, ich muß Sie leider bitten, noch ein bisserl dazubleiben.«

Widerwillig und mit unübersehbarem Stirnrunzeln blieben die Besucherinnen der Modenschau stehen.

»Wer sind Sie?« fragte eine von ihnen spitz.

Benno antwortete mit souveräner Gelassenheit.

»Berghammer mein Name, Kripo Bad Tölz. Geben S' bittschön meiner Kollegin, der Frau Lorenz, Ihre Personalien.« Mit einer Kopfbewegung deutete er auf seine Kollegin.

Sabrina nahm sich der Damen sofort an.

Unterdessen betrat Benno mit seiner Mama den Festsaal.

Er verharrte nur kurz, sah sich um und verschaffte sich einen Überblick. Dann ließ er seine Mutter stehen und bahnte sich einen Weg zu der Stelle, an der der Tote neben dem umgestürzten Tisch lag.

Etwa die Hälfte der ursprünglichen Modenschau-

Gäste war noch anwesend. Die neugierigere Hälfte, wie Benno vermutete. Oder die Hälfte, die nichts zu verbergen hatte. Man würde sehen.

Der Rücken des Toten war mittlerweile eine einzige Blutfläche.

Neben ihm kniete der Notarzt, noch mit der Untersuchung beschäftigt. Ein Mann in dunklem Anzug stand hinter dem Arzt.

»Grüß Gott«, sagte Benno. »Berghammer, Kripo Tölz.«

Der Notarzt stand auf, drehte sich zu ihm um.

»Das ging aber schnell. Ich habe erst vor wenigen Minuten die Polizei gerufen.«

»Ich bin von anderer Seite informiert worden.« Benno wies auf den Toten. »Was haben S' bisher rausgefunden, Herr Doktor?«

»Der Mann ist offenbar von hinten erstochen worden«, antwortete der Notarzt. »Das Messer – oder was immer es war – ist wohl durch die Lunge in die Aorta gedrungen.«

Benno sah sich den Toten aufmerksam an. Dann blickte er in die Runde und fragte:

»Kennt jemand den Toten?«

Der Mann im dunklen Anzug räusperte sich.

»Natürlich«, sagte er vorwurfsvoll, als sei es sträflich, den Toten nicht zu kennen. »Das ist Herr Wendl. Raimund Wendl.«

Benno musterte den Mann mit einem prüfenden Blick.

»Und wer sind Sie?«

»Mein Name ist Zahner«, erwiderte der Angesprochene pikiert. »Ich bin der Direktor dieses Hotels.«

Benno nickte gnädig, als würde er dem hochwohlgeborenen Herrn Direktor damit alle Sünden erlassen.

»War der Herr Wendl ein Gast?« erkundigte sich Benno vorsorglich. Selbst die besten Zeugen ließen Selbstverständlichkeiten manchmal unter den Tisch fallen. Deshalb durfte man nie vergessen, danach zu fragen.

»Er hatte hier kein Zimmer, wenn Sie das meinen«, erwiderte Zahner. »Er war aber bei vielen Veranstaltungen anwesend. Übrigens waren auch heute nur geladene Gäste zugegen.«

Benno hätte dem Mann durchaus bescheinigen können, daß er sich einer ausgesprochen vornehmen Wortwahl befleißigte. Doch er hatte noch nie überflüssige Komplimente gemacht – jedenfalls nicht aus beruflichem Anlaß. Privat schon eher. Die Mama hatte ihm gesagt, daß Frauen gern Komplimente hörten, auch wenn diese überflüssig erscheinen mochten. Er hatte das bei verschiedenen Gelegenheiten ausprobiert, und er mußte der Mama recht geben.

In dem Punkt.

Ausnahmsweise.

»Das heißt, es existiert eine Gästeliste?« fragte er nach.

»Selbstverständlich«, antwortete der Hoteldirektor mit einer Miene, als wäre er gefragt worden, ob die Isar nach wie vor in die Donau münde.

»Und wo hat der Herr Wendl gesessen?« wollte Benno wissen.

Der Hoteldirektor hob die Schultern.

»Die Plätze waren nicht numeriert«, erwiderte er bedauernd.

Abermals sah Benno sich um. In der vorderen Reihe der Umstehenden bemerkte er die Ansagerin. Benno zeigte auf das Mikrofon, das sie in der Hand hielt.

»Ist das noch eingeschaltet?« fragte er.

»Ja«, antwortete die Ansagerin. Bereitwillig händigte sie dem Kriminalhauptkommissar das Mikro aus.

Resi hatte sich unterdessen einen Weg nach vorn gebahnt. Behutsam stieß sie eine Dame an, die sich noch mit einer Nachbarin unterhielt.

»Pscht!« mahnte Resi und zeigte auf ihren Buben mit dem Mikrofon.

Die Gespräche verstummten. Erwartungsvolle Stille kehrte ein.

Benno hob das Mikrofon in Sprechhöhe, und seine Stimme dröhnte aus den Boxen.

»Kann sich jemand erinnern, an welchem Tisch der Herr Wendl seinen Platz gehabt hat?«

Resi meldete sich auf der Stelle zu Wort, und sie verschaffte sich Platz, indem sie ein paar Damen zur Seite schob.

»Ja, freilich!« rief sie und wies auf den Tisch der Frau Landrat. »Da vorn hat er gesessen – direkt am Laufsteg!« Um es vollends deutlich zu machen, ging sie auf den Tisch zu und legte die Hand auf die Rückenlehne des Stuhls, den Raimund Wendl benutzt hatte.

Alle Augenpaare waren ihr gefolgt.

Benno war es sichtlich peinlich, daß seine Mutter sich so sehr in den Vordergrund drängte.

»Auf *dem* Stuhl«, erklärte sie laut und vernehmlich, »mit zwei sehr eleganten Damen. Dann ist er angerufen worden. Er horcht ein bisserl in sein Telefon hinein, sagt dann was, steht auf, geht zu *der* Tür ...« Sie streckte den Arm aus und wies auf die große Fensterfläche. »...und verschwindet auf die Terrasse hinaus.« Eindringlich sah sie ihren Sohn an. »Benno, du mußt den finden, der angerufen hat! Der wollte ihn weglocken, damit er ihn umbringen kann!«

Benno nickte geduldig, lächelte verlegen.

»Ja, Mama, ist schon recht.«

»Laß dir doch helfen, Bua!« beschwor ihn Resi. »Ich sag' dir ...« Sie verstummte, als er sich abwandte und das Wort erneut an die Umstehenden richtete.

»Wären die Damen, die am Tisch vom Herrn Wendl ihre Plätze hatten, so freundlich, sich zu melden?«

Niemand antwortete.

Und zu Bennos Verdruß war es erneut seine Mutter, die das Wort ergriff.

»Die sind gleich gegangen!« teilte sie ihm mit – unvermindert aufgeregt. »Gerade als ich mit dir telefoniert hab', sind sie durch die Hotelhalle zum Ausgang. Und wie eilig die's hatten! Haben die überhaupt ihre Zeche bezahlt?«

Benno versuchte, seine Mama zu beruhigen, indem er abwinkte.

»Wird sich schon noch rausstellen, wer das war.«

Die junge Serviererin, die auch Resi bedient hatte, kassierte gerade bei ihren Gästen. Sie hob die Hand und rief: »Das kann ich Ihnen sagen, Herr Inspektor!«

»Kommissar«, korrigierte Resi. »Strenggenommen ist er ja Hauptkommissar.«

Benno konnte nicht mehr verbergen, daß er genervt war.

»Jetzt sei doch bittschön einmal still!«

»Aber ich bin deine wichtigste Zeugin!« protestierte Resi.

Benno beachtete sie nicht und wandte sich der Kellnerin zu.

»Also, Fräulein, wer waren die Damen?«

»Die Frau Landrat und Fräulein Flemisch«, kam die prompte Antwort.

»Die?« entgegnete Benno ungläubig.

Der Hoteldirektor meldete sich zu Wort. »Die letztere ist die Verlobte von Herrn Rambold, falls Ihnen das etwas sagt.«

»Und ob mir das etwas sagt«, erwiderte Benno.

»Der hat im Gymnasium neben meinem Sohn gesessen!« rief Resi dem Hoteldirektor zu. Und stolz sah sie ihren Buben an. »Nicht wahr, Benno?«

Er holte tief Luft.

»Mama«, sagte er energisch. »Bitte geh jetzt heim!«

Ihr entgeisterter Blick traf ihn zwar mitten ins Herz, aber es ließ sich einfach nicht ändern. Er durfte sich bei seinen Ermittlungen nicht stören lassen. Auch nicht von seiner eigenen Mutter. Private Gesichtspunkte in seine kriminalpolizeiliche Arbeit einfließen zu lassen war ohnehin ein Unding.

3. Kapitel

Gesprächsrunden

Das Landhaus der Familie Wohlschlager zeugte von beträchtlichem Wohlstand und war in gutbürgerlichem und gediegenem Stil eingerichtet.

Elfriede Wallner benutzte das Telefon im Eingangsflur, wo eine breite Treppe aus Eichenholz ins Obergeschoß führte. Die Frau des Landrats bemerkte nicht, daß sie beobachtet wurde.

Denise, die Tochter des Hauses, drückte sich unter der Treppe an die Wand, um von Frau Wallner nicht gesehen zu werden.

Doch Elfriede Wallner hatte ohnehin andere Sorgen. Ihren Mann aufzutreiben war wieder einmal äußerst schwierig. Sie hatte die Nummer seines Büros gewählt. An die Telefonkommode gelehnt, rief sie: »Können Sie mir denn nicht wenigstens ungefähr sagen, wo ich ihn erreichen kann? Es ist äußerst dringend, Hasreiter!«

»Es tut mir ausgesprochen leid, Frau Landrat«, antwortete der Mitarbeiter ihres Mannes. »Aber ich weiß selbst nicht, wo der Herr Landrat sich zur Zeit aufhält.«

»Na schön«, fügte sie sich. »Sollte er noch mal ins Amt kommen, richten Sie ihm aus, daß ich bei den Wohlschlagers bin und auf seinen Anruf warte.«

»Bei dem Herrn Anwalt?«

»Ja«, bestätigte sie. »Bei dem Notar Wohlschlager.« Sie legte auf und starrte sekundenlang geistesabwesend vor sich hin. Dann kehrte sie ins Wohnzimmer zurück.

Keine der Anwesenden konnte ahnen, daß Denise nun an der Tür lauschte.

Elfriede Wallner setzte sich zu Margit Wohlschlager und Katja Flemisch an den Tisch. Die beiden hatten gefüllte Cognacschwenker in der Hand. Nachdem sie berichtet hatte, daß auch sie ihren Mann nicht hatte aufspüren können, zündete sie sich eine Zigarette an.

Katja stellte ihr Glas ab und sah die beiden anderen an.

»Findet ihr es nicht seltsam, daß keiner unserer Männer telefonisch zu erreichen ist?«

Elfriede lachte und machte eine wegwerfende Handbewegung.

»Daran bin ich gewöhnt. Praktisch weiß ich nie, wo sich mein teurer Sigi herumtreibt – und was er wieder ausheckt.«

»Wäre es nicht möglich, daß sie sich getroffen haben?« warf Margit ein.

»Zumindest würde es ihre Abwesenheit erklären«, meinte Katja.

Nach einem Zug aus ihrer Zigarette schüttelte Elfriede den Kopf.

»Was wollt ihr mit Logik in einem Mordfall, der völlig absurd ist?« Abermals inhalierte sie tief und blies den Rauch in die Mitte des Zimmers, über die ledergepolsterte Sitzgruppe hinweg.

Katja faltete die Hände auf dem Tisch.

»War es nicht ein Fehler, einfach wegzugehen, bevor die Polizei da war?«

»Wieso?« entgegnete Margit kopfschüttelnd. »Wir haben doch nichts zu verbergen – und schon gar nichts verbrochen.«

Katja sah Elfriede an.

»Das war deine Idee.«

»Ja, und dafür solltet ihr mir dankbar sein«, nickte Elfriede. »Mein Mann hatte schon mit diesem Kommissar Berghammer zu tun.« Sie nahm ihr leeres Glas und hielt es der Hausherrin hin. »Schenkst du mir auch noch etwas ein, Margit?« Nachdem die Freundin ihr das Glas abgenommen hatte, fuhr sie fort. »Der Kerl nimmt nicht die geringste Rücksicht auf gesellschaftliche Zwänge. Der ist imstande und fragt uns vor versammeltem Publikum aus.«

Margit Wohlschlager hatte die Cognacflasche geöffnet. Sie nahm Elfriede Wallners Glas und schenkte nach. Dabei schlug der Flaschenhals ein paarmal hörbar auf den Rand des Glases.

Elfriede verzog spöttisch das Gesicht.

»Von wegen ›nichts verbrochen‹! Du zitterst ja wie Espenlaub.«

»Ich sehe ihn immer noch vor mir«, hauchte Margit. »Den Blutfleck auf seinem Rücken.« Ihr Blick richtete sich ins Leere, und ungewollt hob sie die Flasche dabei an. Geistesabwesend murmelte sie: »Wie übermächtig muß ein Haß sein, der etwas Derartiges anrichtet!«

Elfriede warf ihr einen mißbilligenden Blick zu, nahm ihr die Flasche aus der Hand und schenkte sich selbst ein.

»Oder die Eifersucht«, sagte sie. Wieder umspielte Spott ihre Mundwinkel, als sie die beiden Freundinnen ansah. »Na, kommt schon, vor mir braucht ihr nicht die Unschuldslämmer zu spielen.«

»Aber der Raimund war mit niemandem fest liiert!« rief Katja.

»Vielleicht war gerade das sein Fehler«, entgegnete Elfriede trocken.

Von draußen war das Klingeln des Telefons zu hören.

Die drei Frauen im Wohnzimmer bekamen nicht mit, wie Denise auf ihrem Horchposten erschrocken zusammenzuckte.

Als sie den Schreck überwunden hatte, nahm sie kurzerhand den Hörer ab.

»Hallo?«

»Rambold, guten Tag. Ist meine Verlobte bei Ihnen?«

»Ja, die ist hier«, antwortete Denise. »Einen Moment bitte.« Sie legte den Hörer auf die Kommode.

In diesem Augenblick öffnete Margit Wohlschlager auch schon die Tür und schaute in den Flur.

»Für Katja«, erklärte Denise, indem sie auf das Telefon zeigte. »Ihr Verlobter.«

Katja hatte es gehört.

»Komme schon!« rief sie aus dem Wohnzimmer.

Benno war allein, als er durch die Terrassentür trat, die auch Raimund Wendl benutzt hatte.

Draußen erblickte er einen uniformierten Polizisten, der Trassierband spannte, um die Terrasse für die Spurensicherung abzusperren.

Benno verharrte einen Moment und schaute sich um.

Außer dem Beamten war niemand in der Nähe.

Der Hauptkommissar kannte das. Die Anwesenheit der Polizei hatte stets eigenartige Auswirkungen. Angesichts der Tatort-Ermittlungen in einem Mordfall reagierten die Menschen auf höchst unterschiedliche Weise.

Jedenfalls war es völlig anders als bei schweren Unfällen, wo die Kollegen von der Schutzpolizei unnötigerweise damit zu kämpfen hatten, die Schaulustigen zurückzudrängen. Die Neugier der Gaffer war unglaublich. Benno hatte es selbst schon miterlebt, in seinen Anfangsjahren als Polizist. Da gab es Leute, die am liebsten noch mit in den Leichenwagen hineinkrochen …

Einige Nachrichtensendungen des Fernsehens bedienten diese Neugier mit immer drastischeren Bildern und damatischeren Berichterstattungen. Tote und Verletzte nach Bombenanschlägen, Naturkatastrophen und kriegerischen Auseinandersetzungen waren mittlerweile allgegenwärtig auf den Bildschirmen.

Benno erinnerte sich an Fernsehaufnahmen aus Afrika, wo wehrlose Leute vor johlenden Zuschauern zu Tode geprügelt oder erschossen wurden – vor den Augen der Weltöffentlichkeit.

Er schüttelte die Last der Gedanken ab. Irgendwie war dieser Tag nicht der seine. Angefangen hatte es mit der Mama, als sie ihm den Trachtenkatalog aufgezwungen hatte. Und weiter ging es mit der Mama, als sie ihm auch noch einen Mordfall präsentierte.

Mit was für einer Überraschung würde sie am Abend aufwarten?

Jedenfalls waren die Reaktionen auf einen Mord völlig anders als bei einem Verkehrsunfall. So verhielt es sich auch hier, im »Tölzer Hof«.

Der Anblick des toten Raimund Wendl hatte einen großen Teil der Gäste veranlaßt, schleunigst zu verschwinden. Was ihnen dank der Gästeliste des aufmerksamen Hoteldirektors aber nicht viel nützen würde. Eigentlich eine gute Ausgangssituation.

Die Leute, die sich jetzt noch im Saal und in der Empfangshalle aufhielten, waren sehr wahrscheinlich die weniger interessanten – aus kriminalpolizeilicher Sicht.

Benno überlegte, welchen Weg Raimund Wendl genommen haben mochte, als er auf die Terrasse herausgetreten war. Nach rechts, zum Eingang des Hotels hin? Dort herrschte immer Betrieb. Falls der fesche junge Mann vorgehabt hatte, sich mit jemandem zu treffen, würde er also in die entgegengesetzte Richtung gegangen sein, auf die Freitreppe zum Garten zu.

Benno wandte sich dorthin. Gemächlich überquerte er die von Balustraden und farbenprächtig blühenden Zierpflanzen gesäumte Terrasse. Die Treppe führte auf eine Liegewiese zu, in deren hinterem Teil sich Hotelgäste auf gepolsterten Liegen räkelten. Kinder spielten auf dem Rasen und im Gebüsch. Ein friedliches Bild. Gerade zu idyllisch. Und doch starb hier ein Mensch eines gewaltsamen Todes.

Und dort, fünfzig Meter entfernt, nahmen die alltäglichen Dinge ihren Lauf, als ob nichts geschehen wäre.

Benno hatte sich längst abgewöhnt, über so etwas nachzudenken. Seine Aufgabe war es, die Gegebenheiten so zu nehmen, wie sie waren. Aus den Details seiner Erkenntnisse die Rückschlüsse zu ziehen, die ihn auf die Spur des Täters brachten – nun, das war der Schlüssel zu seinem Erfolg.

Bei der Treppe traf er den uniformierten Kollegen, der inzwischen auch dort sein Trassierband spannte.

Benno nickte ihm zu und zeigte auf die Leute auf der Liegewiese.

»Wenn S' mit dem Absperren fertig sind, fragen S' die Hotelgäste da hinten, ob jemand was gesehen hat.«

Der Polizist tippte an den Schirm seiner Dienstmütze.

»Wird erledigt, Herr Kommissar.«

Benno wandte sich ab, wollte zurück in den Saal. Nach zwei Schritten fiel sein Blick auf etwas, das in dem Spalt zwischen zwei Bodenplatten steckte.

Der Spalt war nicht tief genug, um den Gegenstand vollständig aufzunehmen. Etwas mehr als ein Zentimeter davon lugte hervor.

Benno benutzte sein Taschentuch, um das Fundstück aufzuheben.

Es war eine kunstvoll verzierte Lederscheide.

Er betrachtete sie ausgiebig. Oben und unten war die Scheide mit Metall beschlagen, doch ansonsten wies sie deutliche Gebrauchsspuren auf. Das Leder war bereits abgewetzt.

Als Benno den Kopf hob, trat seine Kollegin auf die Terrasse. Sie kam auf ihn zu, und er zeigte ihr, was er bereits gefunden hatte, noch bevor die Spurensicherung mit iher Arbeit begonnen hatte.

»Könnte zu einem Hirschfänger gehören«, kommentierte er.

»Hirschfänger?« Sabrina furchte die Stirn. »Das klingt ja gefährlich.«

Benno machte eine wegwerfende Handbewegung.

»Ach, das ist lediglich ein feststehendes Messer, meistens mit einem Horngriff. Bei uns in Bayern nimmt man es zum Brotzeitmachen her.«

»Dann dürfte es ziemlich verbreitet sein«, tippte Sabrina.

Benno nickte.

»Vor allem bei den Trachtlern. Eine richtige Lederhose hat an der Seite so eine kleine Tasche, in die man so einen Hirschfänger reinsteckt.«

Sabrina sah ihren Kollegen sinnierend an.

»Das würde ja bedeuten, daß der Täter ebenso kostümiert war wie sein Opfer.«

Benno schüttelte den Kopf. Sein Schmunzeln war nachsichtig und vorwurfsvoll zugleich.

»Sabrina, noch ist eine Lederhose bei uns kein Kostüm, sondern ein Gewand. Und einen Hirschfänger kann man in jeder anderen Tasche mit sich herumtragen.«

Ein Anflug von Spott mischte sich in Sabrinas Lächeln.

»Ich dachte, du magst keine Trachtenmode.«

»Ich mag sie sogar sehr«, widersprach Benno. »Bloß nicht an mir selbst.«

Sabrina sah sich um, ließ ihren Blick über die Steinplatten der Terrasse gleiten.

»Gibt es irgendwelche Blutspuren?« erkundigte sie sich. »Hier muß es doch passiert sein.«

Benno hob die Schultern.

»Bei inneren Blutungen siehst du nichts.« Er deutete auf die Fensterfront. »Zu dumm, daß im Saal alle Vorhänge zugezogen waren. Sonst hätten wir massenhaft Tatzeugen.«

»Das bezweifle ich«, entgegnete Sabrina. »Die haben sich alle auf die Modenschau konzentriert. Übrigens habe ich auch etwas gefunden – und zwar in der Hosentasche des Opfers.«

Sie griff in die Außentasche ihrer Lederjacke und brachte einen kleinen schwarzen Taschenkalender zum Vorschein. Sie hatte ihn in einer durchsichtigen Kunststofftüte verstaut.

Benno hob die Augenbrauen.

»Steht was Interessantes drin?« fragte er.

»Jede Menge Uhrzeiten mit Großbuchstaben. Fünfzehn Uhr ›E‹ Punkt. Achtzehn Uhr ›K‹ Punkt. Und so fort.«

»War der beim Geheimdienst?« Benno runzelte die Stirn.

Sabrina steckte ihr Fundstück wieder ein.

»Offenbar legte er Wert auf Diskretion. Aber zum Glück nicht auf die eigene. Auf der ersten Seite steht seine volle Adresse.«

Benno blickte über die Schulter seiner Kollegin hinweg. Er blinzelte und glaubte nicht, was er sah.

Sabrina bemerkte seinen Blick und drehte sich erstaunt um.

Resi Berghammer kam vom Hotelvorplatz. Sie benutzte die Treppe, die von dort auf die Terrasse führte, hob das polizeiliche Trassierband kurzerhand hoch und schlüpfte darunter hindurch.

»Ah, da seid ihr ja!« rief sie erfreut und eilte auf ihren Buben und seine Kollegin zu.

Benno seufzte tief.

»Mama!« sagte er mit größtmöglicher Geduld. »Die Terrasse ist polizeilich abgesperrt!«

Sie überhörte es, aufgeregt wie sie wieder war.

»Ich muß dir noch was sagen, was mir eingefallen ist!«

Benno schüttelte energisch den Kopf.

»Wir fahren dich heim. Dann nimmst du deine Herztropfen und legst dich hin.«

Resi wedelte unwillig mit der Hand.

»Momentan fehlt mir gar nichts! Hör mir lieber zu.« Sie sah sich um, als müsse sie sich vor unerwünschten Zuhörern in acht nehmen. Dann beugte sie sich zu Benno und Sabrina vor und berichtete mit verschwörerisch gesenkter Stimme: »Bevor sich der Wendl an den Tisch von der Frau Landrat gesetzt hat, ist er noch bei einer anderen Frau und ihrer Tochter stehengeblieben und hat sich mit denen unterhalten.«

»Sind wenigstens *die* zwei noch da?« fragte Benno.

»Eben nicht!« rief Resi. »Die sind mit der Frau Landrat abgehauen!«

Benno verdrehte die Augen.

»Das ist nicht die Frau Landrat, sondern die Frau *des* Landrats. So was ist ein himmelweiter Unterschied.« Aus den Augenwinkeln heraus sah Benno das milde Lächeln seiner Kollegin. Die Mama hatte bei Sabrina ganz einfach einen Stein im Brett. Vielleicht lag es an dem Wir-Gefühl, das sie als Frauen hatten. Er als Sohn dagegen mußte sich immer wieder von neuem durchsetzen. Wie in der augenblicklichen Situation, beispielsweise.

»Und jetzt fahren wir dich heim«, entschied er energisch. »Also – gehen wir!« Er nahm seine Mama beim

Arm und führte sie in die Richtung, aus der sie gekommen war.

»Dir kann man auch nichts mehr recht machen!« protestierte sie. »Statt daß du froh bist …«

»Ich bin ja froh«, sagte er finster. »Merkst du nicht, wie froh ich bin?«

Resi sah Sabrina mit einem hilfesuchenden Blick an, doch die Kollegin ihres Buben konnte nur ratlos mit den Achseln zucken. Benno war nun einmal der Ranghöhere und der Dienstältere. Und auch sonst hatte er das Sagen. Andererseits stellte er seine diesbezüglichen Rechte nie unnötig in den Vordergrund und ließ sich sogar belehren, wenn er im Unrecht war.

Doch in seine privaten, familiären Angelegenheiten konnte sie sich natürlich nicht einmischen. Vor allem dann nicht, wenn er sich mit seiner Mama auseinandersetzte. Es war seine höchstpersönliche und eigene Entscheidung, bei ihr zu wohnen. So, wie er sich die angenehmen Seiten der Unterbringung im »Hotel Mama« gefallen ließ, so mußte er eben auch mit den manchmal nervenden Seiten fertigwerden. Alles hatte seinen Preis.

Sabrina folgte den beiden zum Vorplatz des Hotels. Auch wenn sie ihre Spitzen austauschten, war sie gern mit Benno und Resi zusammen. Denn man spürte stets, wie gut sie in Wahrheit miteinander auskamen. Genaugenommen waren sie ein Herz und eine Seele.

Das Gelände der Firma Anton Rambold wirkte so zerklüftet und unübersichtlich wie die meisten Bauunternehmen. Bagger und Kräne standen aufgereiht, dazwischen Radlader, Planierraupen und Lastwagen mit Betonmischern oder Kippmulden als Aufbau. Berge von Baumaterialien türmten sich entlang eines hohen Zauns.

Über allem lag der Geruch von frischer Nässe, hervorgerufen durch Ladungen von Sand und Kies, die gerade erst angefahren worden waren, aber auch durch die frisch gewaschenen Mischer, aus deren Trommelbäuchen es intensiv nach Beton roch.

Es war der Geruch des Feierabends.

Rudolf Wohlschlager fuhr mit offenen Fenstern, da es ein warmer und sonniger Tag war. In der Zufahrt zur Firma Rambold kamen ihm mehrere Arbeiter in ihren Privatwagen entgegen. Es waren die letzten, die das Firmengelände verließen. Sie grüßten den schlanken, dunkelhaarigen Mann in dem teuren Wagen. Der Notar war in Bad Tölz bestens bekannt.

Er lenkte seinen Siebener BMW auf den Parkplatz vor dem Bürogebäude des Unternehmens. Dort standen bereits zwei weitere Fahrzeuge der Luxusklasse. Rudolf Wohlschlager stieg aus.

Seine Bewegungen wirkten wie immer ausgesprochen sportlich und jugendlich. Seine Freunde kannten den Grund. Er war leidenschaftlicher Tennisspieler, Golfspieler und Segler. Das Maß an Freizeit, das er sich leisten konnte, war mit diesen sportlichen Aktivitäten planvoll ausgefüllt. Den landgebundenen Sportarten pflegte er in Bad Tölz nachzugehen, während er für seine Segeljacht einen Liegeplatz am Starnberger See erworben hatte.

Wohlschlager betrat das Bürogebäude und ging zielstrebig einen langen, wie ausgestorben wirkenden

Korridor entlang. Auch die Angestellten hatten alle längst Feierabend. Der Notar kannte sich aus.

Er öffnete die Tür zu Anton Rambolds Büro, ohne anzuklopfen.

Der Bauunternehmer und der Landrat blickten von einem Lageplan auf, den sie auf Rambolds Schreibtisch ausgebreitet hatten.

»Ah, Rudi!« rief Rambold, ein athletisch gebauter Mann mit kurzgeschnittenem mittelblondem Haar. »Immer herein in die gute Stube!«

»Servus, Rudi«, sagte Landrat Wallner, dessen dunkles Haar die ersten silbergrauen Fäden aufwies.

Rudolf Wohlschlager erwiderte den Gruß der beiden Männer und schloß die Tür hinter sich. Er trat zu Wallner und Rambold an den Schreibtisch und blickte auf den Lageplan. Die Grundstücksgrenzen waren in Schwarz eingezeichnet, die Grundstücksflächen mit den Namen der früheren Eigentümer beschriftet und rot schraffiert. Lediglich in der Mitte des Plangebiets befand sich ein großer weißer Fleck, gekennzeichnet mit dem Namenszug »Hallwegerin«.

Anton Rambold sah die beiden Freunde an.

»Also, nachdem wir jetzt vollzählig sind, schlage ich folgende Tagesordnung vor ...«

Rudolf Wohlschlager unterbrach ihn.

»Mich interessiert vor allem, was wir unternehmen, falls er dieses störrische Bauernweib nicht umstimmen kann. Ohne ihren Grund können wir einpacken.« Mit ausgestrecktem Zeigefinger wies er auf den weißen Fleck auf dem Lageplan.

Rambold und Wallner wechselten einen betroffenen Blick.

»Du kommst nicht nur ziemlich spät«, wandte sich der Landrat an den Notar. »Du bist auch erstaunlich schlecht informiert. Oder spielst du uns eine Komödie vor?«

Wohlschlager begriff nicht. In dem Blick, mit dem er Wallner ansah, war es zu lesen.

Rambold erklärte es ihm.

»Der Raimund ist vor kaum einer Stunde umgebracht worden.«

Rudolf Wohlschlager erstarrte. Seine Augen weiteten sich, und er bekam den Mund nicht wieder zu.

»Und zwar hinterrücks«, fügte Wallner beinahe genüßlich hinzu.

»Aber – ich …«, stammelte Wohlschlager. »Ich habe doch vorhin noch mit ihm telefoniert!«

Die beiden anderen fixierten ihn.

»Wann war das?« fragte der Landrat scharf.

Wohlschlager überlegte nur kurz.

»Äh – mittags. Wegen der Absage der Hallwegerin.«

Rambold nickte gedankenschwer.

»Tja, bei der werden wir allerhand drauflegen müssen.« Er zwinkerte. »Aber dafür sparen wir uns den Anteil vom Wendl. Dem verehren wir einen schönen Kranz.«

»Toni!« sagte Wallner vorwurfsvoll. »Bei aller Trauer – ich finde, ein schlichtes Kreuz tät's auch.«

Rudolf Wohlschlager hatte den ersten Schreck überwunden.

»Moment!« rief er. »Der Wendl Raimund – ermordet? Ist euch klar, was das bedeutet? Polizei, Presse, Justiz! Wenn auch nur das Geringste hiervon an die Öffentlichkeit gelangt – das kann mich Kopf und Kragen kosten. Ich bin kein Anwalt! Ein Notar ist verpflichtet, absolut unparteiisch zu sein.«

Rambold und Wallner waren wenig beeindruckt.

»Rudi, ganz unter uns ...«, sagte Rambold, stützte sich mit beiden Händen auf den Schreibtisch und sah den Juristen von unten herauf lauernd an. »Hast *du* ihn abgestochen?«

Wohlschlager erwiderte den Blick des Bauunternehmers fassungslos.

»Wieso ich?«

Rambold lächelte kühl.

»Immerhin hättest du einen ganz persönlichen Grund gehabt.«

»Aber das wissen schließlich nur wir«, sagte Wallner in beruhigendem Ton.

Wohlschlager war erbost. Seine Stimme nahm an Lautstärke zu.

»Hattet ihr etwa *keinen* Grund, ihn privat zum Teufel zu wünschen?«

Die beiden Männer reagierten nicht darauf.

Statt dessen wandte sich der Bauunternehmer an den Landrat.

»Apropos – Sigi, als kommunaler Spitzenpolitiker fällt dir garantiert ein passender Spruch für die Kranzschleife ein.« Rambold lächelte verschmitzt. »Letzter Gruß – und was weiter?«

Wallner zwinkerte zurück und antwortete in dem genüßlichen Ton, den er so gut beherrschte.

»Wie wäre es mit ›Jeder erntet, was er sät‹?«

Es war Benno gelungen, die Mama zu Hause abzusetzen. Ohne massiven und anhaltenden Protest ihrerseits war das zwar nicht abgegangen, aber er hatte es geschafft. Sabrina hatte ihm sogar dabei geholfen. Gemeinsam war es ihnen gelungen, die Möchtegern-Kriminalistin davon zu überzeugen, daß sie die verschiedenen Gesichtspunkte des Mordfalls am besten noch einmal in aller Ruhe durchging.

Und wo, bittschön, konnte sie diese Gedankenarbeit besser leisten als zu Hause – in ihrer vertrauten Umgebung. Am Abend konnte sie Benno dann über das Ergebnis ihrer Schlußfolgerungen informieren.

Zwar war Benno über diese Feierabend-Aussicht nicht gerade glücklich, aber die Mama hatte sich dadurch überzeugen lassen. Und das war für den ungestörten Verlauf der weiteren Ermittlungen nun mal von ausschlaggebender Bedeutung.

Benno lenkte den BMW in eine Seitenstraße mit sehr viel Grün und großzügig bemessenen Grundstücken. Sabrina, auf dem Beifahrersitz, hatte die Rolle des Lotsen übernommen. Nun spähte sie nach den Hausnummern.

Ausschließlich Einfamilienhäuser säumten die Straße, und jedem einzelnen dieser Häuser war anzusehen, daß es zur gehobenen Preisklasse gehörte.

Benno fuhr Schrittempo.

»Welche Hausnummer war's?« fragte er.

Sabrina sah in Wendls schwarzem Taschenkalender nach. Das Fundstück war inzwischen erkennungsdienstlich behandelt worden. Die gesicherten Fingerabdrücke würden sich mit allergrößter Wahrscheinlichkeit als seine eigenen erweisen.

»Zwölf«, antwortete sie.

Benno nickte und spähte über das Lenkrad hinweg. »Ruhige Gegend«, stellte er fest. »E Punkt. K Punkt.Vielleicht sind das die Anfangsbuchstaben von den Vornamen seiner Freundinnen.«

Sabrina warf ihm einen amüsierten Blick zu.

»In dem Fall hätte er eine ganze Menge zu beglücken gehabt.«

Benno schmunzelte.

»Möglicherweise war eine davon die Frau Wallner«, erwiderte er versonnen. »Immerhin hat er an ihrem Tisch gesessen – und das bestimmt nicht zufällig.«

Sabrina lachte leise.

»An unserem Landrat wirst du dir noch mal die Zähne ausbeißen.«

Benno grinste.

»Oder er sich die seinigen an mir.« Er zeigte nach vorn. »Da ist es.« Er parkte den Wagen an der Bordsteinkante vor dem Grundstück.

Sie stiegen aus. Sabrina ging auf das Messingschild zu, das unter der Hausnummer an der Gartenmauer befestigt war.

»Alpenland Immobilien-Verwertungsgesellschaft Raimund Wendl«, las sie vor. »Termine nur nach Vereinbarung.«

»Hat sich anscheinend nicht mit jedem unterhalten«, brummte Benno. Vergebens versuchte er, die schmiedeeiserne Tür zu öffnen.

Sabrina betätigte lächelnd den Klingelknopf, der in das Messingschild eingelassen war.

Aus dem Lautsprecher meldete sich die Stimme einer offenbar jungen Frau.

»Ja bitte?«

Benno beugte sich zu der Sprechmuschel.

»Wir möchten zum Herrn Wendl«, erklärte er und zwinkerte seiner Kollegin zu.

»Haben Sie einen Termin?« entgegnete die junge Frauenstimme.

Benno wurde ungeduldig. Diese Termin-Alberei hatte ihm gerade noch gefehlt.

»Nein«, antwortete er unwirsch. »Wir brauchen keinen. Kriminalpolizei! Jetzt machen Sie auf, bevor ich böse werde!« Er richtete sich auf, sah Sabrina an und knurrte: »Diese Geheimniskrämerei geht mir langsam echt auf den Wecker.«

Sabrina kam zu keiner Antwort, denn an der schmiedeeisernen Tür summte es.

Benno stieß sie auf, ging mit stapfenden Schritten voran. Sabrina folgte ihm. Sie durchquerten den Vorgarten, dessen Rasen, Blumenbeeten und Ziergehölzen man die pflegende Hand eines regelmäßig tätigen Gärtners ansah.

Die Frau, die den Hauptkommissar und seine Kollegin in der offenen Haustür erwartete, war in der Tat sehr jung. Und sehr hübsch.

Benno schätzte sie auf Mitte Zwanzig. Er hatte ein Auge dafür. Was vor allem auf seine Berufserfahrung zurückzuführen war.

Ihr Anblick war derart erfreulich, daß Bennos Stimmung auf der Stelle umschlug. Nachdem Sabrina ihn den ganzen Tag über eher gereizt erlebt hatte, merkte sie sofort, wie ihn die hübsche junge Frau auf andere Gedanken brachte.

Seine Freundlichkeit und seine Zuvorkommenheit

wirkten so aufgesetzt, daß Sabrina sich ein spöttisches Lächeln nicht verkneifen konnte. Die Tatsache, daß Benno – typisch Mann – eine völlig fremde Frau unbesehen sympathisch und anziehend fand, wirkte auf sie, Sabrina, ernüchternd.

Desillusionierend.

Bislang hatte sie geglaubt, daß Benno anders war als andere Männer. Schade eigentlich.

Jetzt schleimte er sich ein wie jeder Hergelaufene.

»Entschuldigen S', daß wir so unangemeldet erscheinen. Berghammer mein Name, Kripo Tölz.« Er machte eine Handbewegung zur Seite. »Das ist meine Kollegin, die Frau Lorenz. Äh ...« Er suchte nach weiteren salbungsvollen Worten.

Sabrina kam ihm zuvor.

»Frau Wendl?« erkundigte sie sich knapp, indem sie die Frau in der Haustür ansah.

»Nein, ich bin die Sekretärin«, erwiderte sie lächelnd. »Brigitte Neuhierl. Der Herr Wendl ist nicht verheiratet.« Sie unterbrach sich, und ihr Gesicht verriet plötzliche Bestürzung. »Kriminalpolizei? Ist was passiert?«

Benno deutete in den Hausflur.

»Dürften wir kurz ...?« fragte er, ohne einen vollständigen Satz daraus zu machen.

Brigitte Neuhierl nickte bereitwillig.

»Bitte – kommen Sie doch herein.«

Sie trat rasch beiseite, ließ Sabrina und Benno vorbei und schloß die Tür hinter ihnen.

Die Büroräume der »Alpenland Immobilien-Verwertungsgesellschaft« befanden sich im Erdgeschoß des Hauses. Die Einrichtung – Schreibtische, Computer und Aktenschränke in einheitlichem Weiß, die farbenfrohen Bilder an den Wänden eindeutig Orginale – war zweckmäßig und teuer zugleich.

»Die Geschäfte gehen anscheinend nicht schlecht, Fräulein«, sagte Benno, wobei er sich mit beeindrucktem Nicken umsah.

Sie lächelte nur, ging nicht darauf ein. Gemeinsam mit den beiden Kriminalbeamten blieb sie in der Mitte des Büros stehen.

»Verraten Sie mir jetzt, was Sie herführt?«

Sabrina antwortete schonungslos.

»Eine ganze Menge. Ihr Chef ist heute gegen sechzehn Uhr dreißig von einer unbekannten Person ermordet worden. Wann haben Sie ihn zuletzt gesprochen?«

Die Sekretärin verlor alle Farbe aus dem Gesicht. Entsetzt starrte sie die Kriminalbeamtin an.

»Ermordet? Um Gottes willen! War er denn nicht auf der Modenschau? Da wollte er nämlich hin. So um drei Uhr ist er in seine Wohnung hinaufgegangen und hat sich umgezogen. Seitdem habe ich ich nicht mehr ...« Ihre Stimme versagte.

Haltsuchend griff sie nach der Lehne eines Bürosessels. Offenkundig bestand die Gefahr, daß sie jeden Moment zusammenbrach.

Benno erkannte das mit geübtem Auge, und er vergaß nicht, seiner Kollegin einen vorwurfsvollen Blick zuzuwerfen. Schließlich hätte man der armen Brigitte die schlimme Nachricht etwas schonender überbringen können. Wenn die Bedauernswerte einen Schwächeanfall erlitt, dann war eindeutig die Frau Kommissarin Sabrina Lorenz schuld.

Fürsorglich trat Benno auf die junge Sekretärin zu und schob ihr den Bürosessel hin.

»Wollen Sie sich setzen?« erkundigte er sich sanft.

Sie nickte dankbar und ließ sich in den ledergepolsterten Drehsessel sinken.

Ohne auf Sabrinas spöttische Miene zu achten, setzte Benno seine Hilfsbereitschaft fort.

»Soll ich Ihnen ein Glas Wasser bringen?«

Brigitte blickte gerührt zu ihm auf.

»Danke, es geht schon«, hauchte sie. »Vielen Dank.«

Kühl bis ans Herz, meldete sich Sabrina erneut zu Wort.

»Sofern Sie sich wieder besser fühlen, würde ich gerne erfahren, was ein Immobilienmakler auf einer Trachten-Modenschau macht.«

»Persönliche Kontakte pflegen«, antwortete Brigitte Neuhierl. »Wir haben keine Laufkundschaft und inserieren auch nicht. Es läuft alles über persönliche Kontakte.«

Sabrina deutete mit einer Kopfbewegung auf eine angrenzende Tür.

»Geht es da zu Wendls Büro?«

»Ja«, antwortete Brigitte. Verwirrt blickte sie den hilfreichen Hauptkommissar an. »Wieso?«

Er lächelte aufmunternd und antwortete mit sanfter Stimme.

»Na ja – wir würden uns gern ein bißchen umschauen.«

Brigitte wurde unsicher.

»Sie meinen – Sie wollen alles durchsuchen?«

»Ihr Boß wird nicht mehr viel dagegen einzuwenden haben«, entgegnete Sabrina. »Das verspreche ich Ihnen.«

Brigitte preßte die Lippen zusammen.

»Ich habe noch nicht einmal Ihre Ausweise gesehen«, wandte sie zaghaft ein.

Benno zeigte ihr seinen Dienstausweis sofort und bereitwillig.

»Keine Sorge, Fräulein Neuhierl«, sagte er beruhigend. »Der Raum wird sowieso versiegelt – genau wie die Privatwohnung vom Herrn Wendl.«

Brigitte seufzte schwer, dann gab sie sich einen Ruck.

»Also bitte …«, sagte sie und führte die beiden Kriminalbeamten in das Büro ihres toten Chefs.

Schon das Vorzimmer des Chefbüros war luxuriöser eingerichtet als die Büros, die sie gerade hinter sich gelassen hatten.

Staunend gingen sie weiter und erreichten die Wendlsche Kommandozentrale.

Sabrina zischte einen anerkennenden Pfiff durch die Zähne. Benno war nicht weniger beeindruckt.

»Ziemlich modern für jemanden, der in einer Hirschledernen das Zeitliche segnet«, stellte er fest.

»Du vergißt die ›persönlichen Kontakte‹«, erinnerte ihn Sabrina. »Dafür war der Trachtenlook offenbar geeigneter.«

Benno brummte zustimmend.

»Auf jeden Fall umsatzfördernder.«

Sabrina sah sich ausgiebig um.

»Sieht alles ziemlich neu aus«, meinte sie nach einer Weile. Dann trat sie hinter Wendls Schreibtisch und begann, in dem großen Terminkalender zu blättern.

Benno trat auf die offene Tür zu und wandte sich an Brigitte Neuhierl, die im Vorzimmer wartete.

»Seit wann existiert diese Firma eigentlich?«

Brigitte verließ ihren Platz und kam herein.

»Vor ungefähr drei Monaten hat sich der Herr Wendl von seinem Kompagnon getrennt und die ›Alpenland‹ gegründet.«

Sabrina blickte vom Terminkalender des Immobilienmaklers auf.

»Wissen Sie Näheres über diesen ehemaligen Kompagnon?«

»Aber ja«, antwortete die Sekretärin. »Ich war ja dort beschäftigt. Den Vitus kenne ich schon – ewig.«

»Vitus wer?« hakte Benno nach.

»Vitus Sagstetter. Die Firma hat früher ›Sagstetter und Wendl Immobilien‹ geheißen.«

»Haben sich die beiden im Streit getrennt?« wollte Sabrina wissen.

Brigitte machte eine ratlose Geste.

»Da müssen Sie den Vitus fragen. Ich bin bloß die Sekretärin gewesen.«

Benno nickte ihr wohlwollend zu.

»Und bestimmt keine schlechte – sonst hätte Sie der Wendl kaum übernommen.«

Brigitte lächelte verlegen, wußte nicht, was sie sagen sollte. Deshalb war sie froh, als die Kommissarin hinter dem Schreibtisch hervorkam und ihr etwas zeigte. Es war ein kleiner schwarzer Taschenkalender, den sie aufklappte und kurz darin blätterte. Dann hielt sie ihr die aufgeschlagene Seite hin.

»Können Sie uns etwas über diese Buchstaben sagen, die hier drin stets hinter einer Uhrzeit vermerkt sind?«

Brigitte sah sich den Taschenkalender genau an.

»Den habe ich noch nie gesehen«, erklärte sie dann. »Sein Terminkalender liegt auf dem Schreibtisch.«

»In dem habe ich schon geblättert«, entgegnete Sabrina.

»Und was hat er hineingeschrieben?« fragte Benno.

»Für heute die Modenschau und für morgen einen Termin bei einem Notar namens Wohlschlager.«

»Ja«, sagte Brigitte Neuhierl. »Da wäre der Grund von der Hallwegerin verbrieft worden.«

»Was ist im ersten Stock?« fragte Benno.

»Die Privatwohnung vom Herrn Wendl«, antwortete Brigitte bereitwillig. Sie ging zum Schreibtisch, öffnete eine Schublade und nahm einen Schlüssel heraus. »Das ist ein Reserveschlüssel für die Wohnung.«

Benno lächelte dankbar.

»Haben Sie sich schon soweit erholt, daß Sie uns hinaufbegleiten können?«

Brigitte nickte und lächelte wieder verlegen.

»Ach, das war vorhin nur – der Schock.« Sie straffte ihre Haltung. »Ich gehe vor.«

Im Hinausgehen wisperte Sabrina ihrem Kollegen zu: »Falls es zu einem Rückfall kommt, kannst du dem Fräulein ja unter die Arme greifen.«

Oben schloß Brigitte die Eingangstür der Privatwohnung auf. Zu dritt sahen sie sich in den ebenfalls luxuriös eingerichteten Räumen um.

Im Wohnzimmer gab es einen ungewöhnlichen Blickfang: Ein großer Lageplan mit schwarz eingezeichneten Grundstücksgrenzen hing an der Wand. Am oberen Rand trug der Plan den Titel »Projekt Sonnleiten«. Bis auf einen weißen Fleck in der Mitte waren alle Grundstücke rot schraffiert.

Benno und Sabrina studierten den Plan mit aller Gründlichkeit.

»Projekt Sonnleiten ...«, wandte sich Benno an die Sekretärin. »Was hat es damit auf sich?«

»Keine Ahnung«, antwortete Brigitte. »Ich war noch nie hier oben. Ehrlich nicht.«

Benno lächelte ihr zu, gab ihr mit seinem Blick zu verstehen, daß er ihr jedes Wort glaubte. Überhaupt versuchte er, sie spüren zu lassen, wieviel Mitleid er mit ihr hatte, wie sympathisch er sie fand und wieviel Verständnis er für sie hatte.

Ganz im Gegensatz zu seiner Kollegin. Benno war entschlossen, ihr später den Kopf zurechtzusetzen. Wie konnte man so ein zartes, verletzliches Reh wie die Brigitte nur so derb behandeln! Das hatte sie nun wirklich nicht verdient, nett wie sie war.

Benno war daher entschlossen, all die verbalen Untaten Sabrinas durch besondere Freundlichkeit auszugleichen. Und dazu mußte er sich nicht einmal anstrengen, denn Brigitte war ihm wirklich sympathisch. Er hätte sich ihr gegenüber nicht anders verhalten, wenn er sie in einer außerdienstlichen Situation kennengelernt hätte.

Nun, wenn es so etwas wie Schwingungen des Unterbewußtseins gab, dann mußte sie längst spüren, wie sehr er ihr zugeneigt war.

Sabrina blickte auf den Lageplan, sah Brigitte an und studierte dann wieder den Plan.

»Nach dem morgigen Termin beim Notar hätte Ihr Chef vermutlich auch den letzten freien Fleck mit roten Strichen ausfüllen können.« Wieder richtete sie den Blick auf die Sekretärin.

Benno nickte und legte alle Herzenswärme in seinen Blick.

»Schon komisch, daß er ausgerechnet einen Tag vorher ...« Er unterbrach sich, schluckte das »ermordet wurde« gerade noch rechtzeitig hinunter. Es wäre einfach brutal gewesen, Brigitte mit diesem harten Ausdruck zu schockieren.

»...liquidiert wurde«, ergänzte Sabrina dagegen ungerührt.

Benno maß sie mit einem strafenden Blick. Aber der prallte an ihr ab wie an einer Gletscherwand. Er entschädigte Brigitte, indem er sehr einfühlsam fragte:

»War irgend jemand gegen dieses Geschäft?«

»Weshalb denn?« erwiderte sie. »Die Frau Hallweger ist verwitwet und hat keine Kinder. Eine ganz normale Bäuerin, die ihren Hof aufgibt und noch was vom Leben haben möchte. Wer könnte ihr das verübeln?«

Benno lächelte und gab der Brigitte stumm zu verstehen, daß das der Frau Hallweger natürlich niemand verübeln würde. Und er war sicher, in Brigittes großen, ängstlichen Augen einen Ausdruck von Zuneigung und den Wunsch nach Geborgenheit zu erkennen.

Wer – außer ihm, Benno Berghammer – konnte ihr diesen Wunsch jetzt noch erfüllen? Sie hatte ihren Chef verloren, und irgendwie sah sie aus, als ob sie nun niemanden mehr auf der Welt hatte.

Er hätte sie in die Arme schließen können.

Er wünschte sich, ihr Retter zu sein.

Dieser Tag war von einer Minute zur anderen zu einem außergewöhnlichen Tag geworden. Benno wäre gern noch länger in dem Immobilienbüro geblieben. Aber Sabrina hätte sich vermutlich gewundert, und ihr Spott konnte manchmal ganz schön beißend sein.

4. Kapitel

Verdachtsmomente

Die Boutique war ganz neu, das reinste Schmuckstück in der Stadt. Und ein Blickfang dazu. Anton Rambold lenkte seinen großen schwarzen BMW in mäßigem Tempo darauf zu. Jedesmal, wenn er herkam, fuhr er langsam, um den Anblick zu genießen.

Allein die Fassade des Gebäudes war außergewöhnlich – betont schlicht, mit den natürlichen Baumaterialien des Landes. Nichts Importiertes, nichts Exotisches. Keine Ziegelsteine aus Preußen, kein Hartholz aus Afrika oder Südamerika. Ausnahmslos alte Tölzer Bautraditionen waren in die Gestaltung der Gebäudefront eingeflossen.

Der Architekt hatte eine Meisterleistung vollbracht, und dem bauausführenden Unternehmen, der Firma Rambold, war großes Lob gezollt worden – in der Lokalzeitung ebenso wie in öffentlichen Sitzungen des Stadtrats und des Kreistags.

Kenner der Baubranche wußten, daß man einen Star-Architekten aus München für so ein Mini-Projekt in der Provinz nur dann gewinnen konnte, wenn man gute Beziehungen hatte. Und ein Anton Rambold *hatte* gute Beziehungen. Das war durch diese Transaktion wieder einmal deutlich geworden.

Und außerdem war dieses Projekt ungeheuer werbewirksam.

Für Außergewöhnliches und Solides war das Bauunternehmen Rambold die erste Adresse in Bad Tölz. Das wußte nun jeder. Und mit einem solchen Ruf ausgestattet, hatte man das Rüstzeug, um bei den örtlichen Großprojekten federführend mitzuwirken. Dazu gehörten logischerweise auch gute Beziehungen zur Kommunalpolitik und zur Verwaltung.

Anton Rambold verfügte über alles, was ein Mann in seiner Position brauchte.

Er war stolz darauf, und er hatte jedes Recht, es zu sein.

Der Parkplatz vor der Boutique war frei, wie es sich gehörte. Anton Rambold war froh, sich in seiner Wichtigkeit wieder einmal bestätigt fühlen zu dürfen. Daran änderte auch die Tatsache nichts, daß es sich um eine Bestätigung handelte, die nicht er selbst, sondern eine höhere Macht herbeigeführt hatte.

Im Gegenteil. Vielleicht war die Bedeutung solcher kleinen Wichtigkeits-Beweise viel höher einzuschätzen, als er dachte. Offenbar gab es da oben jemanden, der ihm immer zur rechten Zeit den Parkplatz vor Katjas Boutique freihielt. Eine Bestätigung, wie sie eindeutiger nicht sein konnte.

Es zahlte sich eben doch aus, wenn man jeden Sonntag zur Kirche ging. Schließlich traf man dort auch all die anderen Leute, die sich in ihrer Wichtigkeit immer wieder bestätigt fühlen durften.

Anton Rambold nahm einen Umschlag vom Beifahrersitz und stieg aus. Da die Kleiderständer nicht mehr vor dem Laden standen, wußte er, daß die Boutique bereits geschlossen hatte. Er ging auf den Eingang zu und klopfte an das dunkelgetönte Glas der Tür.

Es dauerte nur einen Moment, dann erschien Katja dahinter.

Rambold lächelte. Der Anblick seiner Verlobten war noch erfreulicher als die gediegene Eleganz des Geschäfts. Mit ihrer Schönheit strahlte sie zugleich jene Vornehmheit aus, die für einen Mann seines gesellschaftlichen Status ein absolut notwendiges Accessoire darstellte. Mit nichts Geringerem durfte man sich in seiner Position schmücken.

Eine Frau wie Katja war wie ein Juwel und als Ergänzung zu den übrigen Statussymbolen eines erfolgreichen Mannes unabdingbar notwendig.

Nur verhielt es sich nun einmal so, daß nicht jeder erfolgreiche Mann in dieser Beziehung eine so glückliche Hand hatte wie er, Anton Rambold. Erfolgreiche Männer waren keineswegs immer charmant, intelligent und gutaussehend genug, um in der Damenwelt die gleiche durchschlagende Wirkung zu erzielen wie im Berufsleben.

Er, Anton Rambold, durfte sich glücklich schätzen, zu den Reichen und Schönen zu gehören. Und zwar in jeder Beziehung.

Allerdings mußte man sich das Erworbene immer wieder erneut sichern. Es war bisweilen nicht einfach und erforderte vollen Einsatz – bis hin zu unkonventionellen Methoden.

Katja empfing ihn mit einem strahlenden Lächeln, wie gewohnt. Sie drehte den von innen steckenden Schlüssel herum und ließ ihren Verlobten herein.

Nachdem sie wieder abgeschlossen hatte, küßte sie ihn zur Begrüßung.

In dem noblen kleinen Laden duftete es nach teuren Textilien und nach Katjas dezentem Parfüm.

»Na, wieder beruhigt?« erkundigte Rambold sich, indem er ihr über die Wange strich.

Sie wurde ernst, atmete durch.

»Nachdem ich dich nicht erreichen konnte, war ich vor allem wegen dir besorgt.«

Seine Augenbrauen zogen sich zusammen.

»Besorgt? Worüber?«

»Am Ende wird man auch dich verdächtigen.«

Er schüttelte den Kopf und schmunzelte.

»So was bin ich gewohnt. Wer es zu was bringt, ist immer verdächtig. Was hätte ich denn für ein Motiv gehabt?«

Katja legte die Hände auf seine Schultern und bog den Oberkörper von ihm weg.

»Woher soll ich das wissen? Mit mir redest du ja nie über deine Geschäfte.«

Er lachte und zeigte ihr den Umschlag.

»Ich habe dir was mitgebracht. Zum Trost. Immerhin hast du einen ...« Er tat, als überlegte er. »Ja, was war der Raimund für dich?« Dann fiel es ihm ein. »...liebgewordenen Bekannten verloren.«

Er überreichte ihr das Kuvert, und sie nahm es erwartungsvoll entgegen. Natürlich wußte er, daß sie mit einem Geschenk rechnete. Denn Geschenke waren seine Spezialität. Damit verwöhnte er sie, damit hielt er sie bei Laune. Geschenke für Katja konnten gar nicht teuer genug sein, symbolisierten sie doch, welchen Wert sie für ihn hatte.

Diesmal allerdings kam der symbolische Wert seines Geschenks aus einer völlig anderen Richtung.

»Du sollst mich nicht so verwöhnen«, hauchte Katja und meinte in Wirklichkeit: *Schön, daß du mich mal wieder verwöhnst.*

Sie drehte den Umschlag in beiden Händen, noch in dem Glauben, es handele sich um ein Geschenk im gewohnten Rahmen. Behutsam öffnete sie den Umschlag und zog den Inhalt heraus.

Ihr Lächeln erstarb.

Sie hielt einen kleinen Stapel Fotos in der Hand. Farbfotos, ungefähr zehn Stück, mit einem leistungsstarken Teleobjektiv aufgenommen. Der Fotograf mußte eine Kamera mit motorgetriebenem Auslöser verwendet haben, denn alle Aufnahmen zeigten dasselbe Motiv, lediglich mit geringfügigen Veränderungen.

Katja und Raimund Wendl.

In Raimunds Auto.

Eng umschlungen, küßten sie sich hingebungsvoll.

Anton Rambold grinste, während Katja auf die Bilder starrte und erbleichte.

Dann zog sie die Unterlippe zwischen die Zähne und starrte ihn an. Wenn er Schuldbewußtsein erwartet hatte, so sah er sich plötzlich mit einem massiven Vorwurf konfrontiert.

»Hast du ihn deswegen getötet?« fuhr Katja ihn an. Und kalt fügte sie hinzu: »Das hättest du dir sparen können.« Mit dem langen, scharlachroten Fingernagel ihres Zeigefingers tippte sie auf die Hochglanzvergrößerungen. »Es war – völlig bedeutungslos. Ein Gute-Nacht-Kuß.«

Rambold war einen Moment lang konsterniert gewesen, doch jetzt fand er seine Fassung wieder. Sogar sein Grinsen kehrte zurück.

»Der Detektiv, den ich engagiert habe, behauptet da ganz was anderes. Laut seinem Bericht bist du anschließend mit in die Wohnung von Raimund gegangen. Wahrscheinlich hat er dir seine Briefmarkensammlung gezeigt. So hat man das früher umschrieben.«

Katjas Augen überzogen sich mit einem Schleier. Laut schluchzte sie auf, brach in Tränen aus. Es hatte den Anschein, als würde sie im nächsten Moment zusammenbrechen.

Anton Rambold blieb ruhig. Er wußte, daß sie ihm die Reumütige vorspielte. Eine andere Möglichkeit hatte sie ja nicht. Die Fotos und der Bericht des Detektivs waren unwiderlegbar.

»Warum hast du mich so oft mit ihm ausgehen lassen?« schniefte sie, als sie sich halbwegs beruhigt hatte. »Ich fühlte mich total vernachlässigt. Es tut mir so leid ...« Erneut schluchzte sie. »Das mußt du mir glauben, Toni.«

Er nahm ihr die Fotos und den Umschlag aus der Hand und packte die Bilder seelenruhig wieder ein.

»Was hältst du von einem exquisiten Abendessen in ruhiger, entspannter Atmosphäre? Eine Art Leichenschmaus für jemanden, dessen Fortgang – bei Kerzenlicht betrachtet – gerade zur rechten Zeit erfolgt ist.« Er zwinkerte ihr zu.

Hoffnung leuchtete in ihren Augen auf – und zugleich Zufriedenheit über die eigene Leistung, das erfolgreich inszenierte Tränen-Schauspiel.

»Kannst du mir noch ein letztes Mal verzeihen?« fragte sie mit brüchiger Stimme.

Er grinste wieder.

»Ist dir eigentlich klar, was für ein unverschämtes Glück du hast?«

»Ich?« entgegnete sie verblüfft.

Er nickte bestätigend.

»Wie soll ich auf jemanden eifersüchtig sein, der so jung sterben mußte – und vorher so gern reich geworden wäre?«

Zum Abendessen war die Familie Wohlschlager in Stille vereint. In dem komfortablen, gemütlich eingerichteten Haus war aus keinem Winkel auch nur das leiseste Geräusch zu hören.

Selbst im Eßzimmer, wo die drei Familienmitglieder gemeinsam am Tisch saßen, herrschte tiefes Schweigen. Das Besteck verursachte keinen Laut auf den soliden Holztellern. Und die Teetassen verursachten beim Absetzen zwar ein Klicken von Porzellan auf Porzellan, doch auch dies war wesentlich leiser als sonst.

Rudolf Wohlschlager war es schließlich, der das Schweigen brach, wobei er seiner Frau und seiner Tochter einen vorwurfsvollen Blick nicht ersparte.

»Ich begreife nicht, weshalb ihr euch vom Tatort weggestohlen habt! Als hättet ihr etwas zu vertuschen!«

Mutter und Tochter ließen ihre Bestecke sinken.

Denise schluckte und rief erbost: »Das war die Idee von dieser bescheuerten Frau Wallner!«

Margit wandte sich ernsthaft an ihren Mann.

»Gerade *weil* wir nichts zu vertuschen haben, gab es

keinen Grund, die Zahl der Gaffer noch zu vergrößern. Schließlich war es kein angenehmer Anblick – jedenfalls nicht für uns.«

Denises Augen funkelten ärgerlich.

»Müssen wir unbedingt beim Essen darüber quatschen?«

Ihr Vater beachtete sie nicht; sein Blick fixierte Margit.

»Bei ihm warst du nicht so zimperlich«, sagte er unverhohlen.

»Rudolf, bitte!« entgegnete Margit pikiert.

Denise schob ihren Teller mit einem Ruck von sich weg und stand auf.

»Ich habe keinen Hunger mehr«, sagte sie schroff.

Ihr Vater schien sie erst jetzt zu bemerken.

»Denise!« rief er, als sie schon den Tisch verließ. »Was soll das Theater?«

Doch diesmal war es seine Tochter, die *ihn* nicht beachtete. Sie lief aus dem Eßzimmer und warf die Tür hinter sich zu.

Rudolf Wohlschlager starrte ihr nach. Dann wandte er sich wieder seiner Frau zu.

»Du hattest doch nicht etwa eine Auseinandersetzung mit diesem Schwein – vor all den Leuten?«

Margit schüttelte den Kopf.

»Ich habe ihm nur gesagt, daß er uns ein für allemal in Ruhe lassen soll – ganz besonders unsere Tochter.«

Der Notar blickte zu der Tür, die Denise gerade zugeschlagen hatte.

»In ihrem Alter vergißt man schnell«, sagte er. »Das Problem hat sich ja nun von selbst gelöst.«

Nach und nach kehrte das Wohlbefinden zurück. Mit jedem Zug aus der Zigarette und mit jedem Schluck Cognac spürte Elfriede Wallner es deutlicher. Wobei es sich nicht um die erste, sondern um die zehnte Zigarette handelte – und auch nicht um das erste, sondern um das zehnte Glas Cognac.

Sie hatte es sich auf dem Sofa im Wohnzimmer gemütlich gemacht – sofern man in der augenblicklichen Situation überhaupt von Gemütlichkeit sprechen konnte.

Ihre Gedanken glätteten sich zumindest. Nur der Alkohol und das Nikotin konnten das Grauenvolle dieses Tages mildern. Das glaubte sie jedenfalls. Immerhin stellte sich die erhoffte Wirkung ein. Es war eine Methode, die bei ihr immer wieder funktionierte. Nach wie vor gelang es ihr, die Probleme zu ertränken.

Wie die Katze im Sack – Stein hinein, zuschnüren und ab damit!

Sie lächelte bei der Vorstellung. Wie war das möglich? Der Tod beherrschte ihre Gedankenwelt, nachdem er ihr im »Tölzer Hof« seine scheußliche Fratze gezeigt hatte. Würde sie nicht mehr aufhören können, an den Tod zu denken? Würde er sich in immer neuen Varianten in ihr Bewußtsein drängen? Und bescherte er ihr vielleicht sogar Alpträume?

Sie inhalierte einen tiefen Zug aus der Zigarette und leerte den Cognacschwenker, der vor ihr auf dem Tisch stand. Und das Wohlbefinden verstärkte sich weiter.

Plötzlich hörte sie die Eingangstür des Hauses.

Sie zuckte zusammen, ohne daß sie es wollte. Es war immer das gleiche. Sie baute sich selbst ein schlechtes

Gewissen auf, ohne daß sie es nötig hatte. Sie am allerwenigsten!

Nichtsdestoweniger drückte sie die halb aufgerauchte Zigarette eilig in den bereits überquellenden Aschenbecher. Dann sprang sie auf und stellte das benutzte Glas zu den unbenutzten im Regalfach der Bar. Anschließend holte sie die halbgeleerte Cognacflasche und verstaute sie bei den anderen hochprozentigen Sachen hinter der rustikalen Theke.

Kaum hatte sie sich wieder auf das Sofa gesetzt, betrat ihr Ehemann auch schon das Wohnzimmer.

»Guten Abend, Elfriede«, sagte er und sah sich prüfend im Zimmer um. Seine wissende Miene zeigte an, daß er über alles Bescheid wußte, was seine Frau zu verbergen suchte. Kopfschüttelnd konstatierte er: »Eine Luft ist das hier drinnen.« Er ging zu einem der Fenster und öffnete es einen Spalt.

Elfriede ließ sich nicht einschüchtern.

»Du hast hoffentlich kein Abendessen erwartet«, bemerkte sie und versuchte ihrer Stimme Festigkeit zu geben, was nach zehn Gläsern Cognac nicht einfach war – auch nicht für eine Gewohnheitstrinkerin.

»Danke«, erwiderte er. »Ich habe schon gegessen.«

Die Eheleute wechselten einen Blick, in dem unverhohlene Feindseligkeit lag.

Wallner verzog sarkastisch den Mund.

»Wirst du darüber hinwegkommen?« erkundigte er sich mit falscher Fürsorge. »Immerhin war er dein Liebhaber.«

»Hast du ihn etwa aus verletztem Stolz umgebracht?« konterte Elfriede bissig.

Er lachte rauh und verächtlich.

»Mach dich nicht lächerlich! Wenn ich es mir recht überlege, war er in gewissen Situationen ganz nützlich. Andererseits – aber lassen wir das.« Er winkte ab.

Er ging zur Bar hinüber. Dort nahm er die Cognacflasche und das gebrauchte Glas. Es war mühelos zu erkennen. Er trug beides zurück. Anzüglich grinsend stellte er Flasche und Glas vor seiner Frau auf den Tisch.

»Ich muß noch ein paar Akten studieren«, erklärte er. »Falls du nachher nicht mehr fähig bist, dein Bett zu erreichen – ich bin in meinem Arbeitszimmer.« Er wandte sich zur Tür.

Triumphierend rief Elfriede ihm nach:

»*Ich* habe ihm gesagt, daß er sich viel zu billig verkauft! Daß er das Doppelte, das Dreifache, das Zehnfache von euch verlangen soll!«

Nachdem er die Tür schon geöffnet hatte, drehte Wallner sich sich noch einmal um. Er grinste noch immer, als er antwortete: »Kein Wunder, daß einer ins Gras beißt, der sich von einer Alkoholikerin beschwatzen läßt.«

Rasch schloß er die Tür, denn er sah, wie das Gesicht seiner Frau sich vor Wut verzerrte.

Sie nahm das Cognacglas. Mit einem wütenden Ruck schleuderte sie es dorthin, wo sie eben noch sein grinsendes Gesicht gesehen hatte. Das Glas zerschellte an dem massiven Türholz. Die Scherben regneten klirrend auf den Holzfußboden.

Elfriede Wallner barg ihr Gesicht in den Händen und weinte lautlos.

Es war dunkel geworden. Aus den kleinen Fenstern der Pension Berghammer sickerte behagliches Lampenlicht in den blauschwarzen Tölzer Abend.

Während die Pensionsgäste zu ihren abendlichen Vergnügungen unterwegs waren, hatten Resi Berghammer und ihr Sohn sich in den privaten Teil des Hauses zurückgezogen.

Das Abendessen, am Eßtisch im Wohnzimmer, war soeben beendet.

In Gedanken versunken blickte Benno auf seinen leergegessenen Teller.

Resi musterte ihren Buben eine Weile, dann schüttelte sie den Kopf und stand auf.

»Sehr gesprächig bist du ja nicht gerade«, stellte sie fest.

Benno legte sein Besteck auf den Teller. Während die Mama das Geschirr aufeinander stellte, sah er sie an und dachte laut nach.

»Wenn ich nur wüßte, ob der Wendl mit den Damen, die er im Saal begrüßt hat, was gehabt hat.«

Resi starrte ihn entgeistert an.

»Geh! Bis auf das junge Mädchen waren die doch alle verheiratet.«

Benno schmunzelte.

»In München gibt es jetzt sogar schon eine Seitensprung-Agentur.«

»Aber nicht für die Frau Landrat«, erwiderte Resi entschieden.

»Die Frau *vom* Landrat!« verbesserte Benno zum tausendstenmal.

Resi überhörte es zum tausendstenmal. Sie stemmte die Hände auf den Tisch und beugte sich vor.

»Willst du vielleicht dem Wallner schon wieder was anhängen? Hundertmal habe ich dir schon gesagt …«

»Fragen wird man ja noch dürfen«, unterbrach er sie.

»Nein!« widersprach Resi scharf. »So eine Frage ist eine Beleidigung.« Energisch nahm sie das benutzte Geschirr und trug es in die Küche. Dort stellte sie es in den Ausguß, und die Heftigkeit ihrer Handgriffe spiegelte ihren Unmut. Damit Benno es nebenan hören konnte, erhöhte sie ihre Lautstärke, als sie weitersprach.

»Hundertmal habe ich dir schon gesagt: Leg dich nicht mit solchen hochgestellten Persönlichkeiten an, da kannst du nur draufzahlen.« Sie stieß die Atemluft durch die Nase aus. »Seitensprung-Agentur!« Fassungslos schüttelte sie den Kopf.

Benno tauchte hinter ihr in der Küche auf. Seine Miene war versöhnlich.

»Mama, es gehört zu meinem Beruf …«

Sie unterbrach ihn mit einer heftigen Handbewegung.

»Kümmere dich lieber um *dein* Liebesleben!«

Benno wechselte das Thema auf der Stelle.

»Warum warst du eigentlich so scharf auf eine Einladung zu der Trachten-Modenschau? Und warum hast du mir am selben Tag den Katalog in die Hand gedrückt?«

»Ich habe meine Gründe«, antwortete Resi nur.

Achselzuckend wandte Benno sich ab und kehrte ins Wohnzimmer zurück. Dort nahm er die Lokalzeitung aus dem Ständer und setzte sich damit an den Tisch.

Das Geschirrklappern in der Küche hielt nicht lange

an, dann erschien Resi ebenfalls wieder im Wohnzimmer. Als sie sich neben ihren Buben setzte, war sie wie umgewandelt. Ihr Stimmungsbarometer war aus unerfindlichen Gründen in die Höhen der Heiterkeit gestiegen.

»Letzten Samstag«, berichtete sie, »bin ich beim Einkaufen zufällig an der Kirche vorbeigekommen, als da gerade ein frischverheiratetes Paar rausgekommen ist. Alle waren in Tracht – das Brautpaar und sämtliche Hochzeitsgäste. Direkt malerisch, sag' ich dir! Eine Frau hat mir erzählt, daß die alle beim Trachtenverein sind – und, daß sich da viele kennenlernen, die später heiraten.«

Sie griff hinter sich, nahm ein Blatt Papier von der Kommode und legte es auf den Tisch.

Benno ließ die Zeitung sinken. Er starrte auf das Stück Papier, das die Mama da so vielsagend plaziert hatte.

Trachtenverein, las er.

Anmeldeformular …

»Fünfundsiebzig Mark Jahresbeitrag«, erklärte sie. »Du brauchst bloß zu unterschreiben – und hinzugehen.«

Benno konnte es nicht fassen.

»Mama!« sagte er entgeistert. »Was soll ich beim Trachtenverein? Vielleicht Schuhplatteln lernen?«

Resi ließ sich nicht beirren. Schwärmerisch schilderte sie ihr Erlebnis vor der Kirche.

»Da stand ein Dutzend junge Mädchen vor der Kirche – eine netter als die andere. Jede von denen hätte ich mit Handkuß als Schwiegertochter genommen!«

»Ich bin schon Mitglied im Golfclub«, wandte Benno ein. Er war sich darüber im klaren, daß es ziemlich lahm klang.

»Golfclub!« sagte Resi abfällig. »Wenn einer schon Golf spielt – nein, das paßt nicht zu uns.«

»Man kann überall eine Gescheite kennenlernen«, entgegnete Benno. »Heute zum Beispiel, ganz unverhofft ...«

Resi unterbrach ihn, indem sie sich vorbeugte und ihn voller Spannung ansah.

»Hast du eine getroffen? Gefällt sie dir? Ist sie noch jung?«

Benno sandte einen Blick zur Zimmerdecke.

»Das war nur ein *Beispiel*, Mama!«

Resi ließ sich nicht bremsen.

»Wo stammt sie denn her? Ist sie groß oder eher klein?«

»Ich hab' sie nicht gemessen«, antwortete Benno grimmig.

»Blond oder dunkel?«

»Hätte ich bloß nichts gesagt!« stöhnte Benno und verbarg das Gesicht in den Händen.

»Dann sag' *ich* dir was«, entgegnete seine Mama. »Verdirb dir's nicht mit ihr. Kümmere dich um sie – und sei immer Kavalier!«

Benno suchte nach Ausflüchten.

»Ich muß erst den Mord aufklären«, sagte er – in der Hoffnung, daß seine Mama an den Ermittlungen noch immer so stark interessiert war wie am Nachmittag.

Er täuschte sich.

»Das kannst du ja«, sagte sie freudig, »und trotzdem Kavalier bleiben.«

Sie stand auf und drückte ihm glücklich die Schulter. Benno nahm sich demonstrativ wieder die Zeitung vor, während Resi das restliche Geschirr in die Küche brachte. Während er zu lesen versuchte, hörte er sie singen.

»Die Liebe, die Liebe …«

»Kruzitürken, Mama!« rief er. »Hör mit dem Schmarrn auf!«

»…ist eine Himmelsmacht!«

Als Begleitmusik klapperte das Geschirr – so lustig wie die Mühle am rauschenden Bach.

5. Kapitel

Bürgerpflichten

Die Morgenstunden des neuen Tages brachten angenehm frische Luft in die Straßen von Bad Tölz. Indessen ließ der strahlend blaue Himmel schon jetzt vermuten, daß es wieder ein herrlicher Tag werden würde. An dem Wetter konnten sich dann vor allem die Touristen erfreuen, sowie jene Einheimischen, die sich den Tag nicht durch Arbeit verderben mußten.

Benno legte wie üblich die letzten Schritte zum Polizeirevier zu Fuß zurück. Auf dem Marktplatz waren bereits zahlreiche Menschen unterwegs.

Plötzlich ertönte eine Autohupe unmittelbar hinter ihm. Zwar schätzte er diese Art der Kontaktaufnahme ganz und gar nicht, aber in Anbetracht der Umstände mußte er darauf reagieren. Wenn man in einem Mordfall ermittelte, mußte man jede Informationsmöglichkeit nutzen.

Also drehte er sich um.

Die Dienstlimousine des Landrats stand da und glänzte. Der Motor summte leise, fast nicht hörbar.

Landrat Wallner hatte hupen lassen. Sein Chauffeur, hinter dem Lenkrad, hatte die Anweisung ausgeführt. Da es niemand sonst für ihn erledigen konnte, übernahm es Wallner selbst, den Knopf zu drücken, der die Fensterscheibe auf seiner Seite herunterschnurren ließ.

»Herr Berghammer!« rief er. »Haben Sie einen Moment Zeit?«

»Ja, der Herr Landrat!« rief Benno in gespielter Freude. »Das ist aber eine Überraschung! So hoher Besuch zu so früher Stunde!«

Wallner stieg aus.

»Ich bitte Sie«, sagte er mit der Großzügigkeit des Mannes von Welt. »Unsere bisherigen kleinen Differenzen waren doch nie persönlicher Natur. In der Sache dienen wir schließlich demselben Herrn.«

»Und wer ist das?« fragte Benno ahnungslos.

Wallner belehrte ihn mit strahlendem Lächeln.

»Das Volk, Berghammer. Die braven, ehrlichen, fleißigen Leut' um uns herum.« Er beschrieb eine ausladende Geste, mit der die Passanten auf dem gesamten Marktplatz gemeint waren. Einige von ihnen begrüßte er sogleich mit einstudierter Jovialität, die er in seiner Position für notwendig erachtete.

»Grüß Gott! Geht's gut?« Er wiederholte es ein paarmal, bis er glaubte, seiner Pflicht zur Volkesnähe Genüge getan zu haben.

»Mit anderen Worten«, sagte Benno, »Sie wollen eine Aussage machen.«

Wallner drehte sich zu ihm um.

»Ich möchte dazu beitragen, daß Sie Ihre wertvolle, vom Steuerzahler finanzierte Dienstzeit auf das Wesentliche konzentrieren. Effektivität, mein lieber Kommissar, ist das Gebot der Stunde.« Wallner machte eine Pause, sah sich vielsagend um. Dann, als Benno nicht reagierte, sagte er: »Müssen wir uns eigentlich unbedingt auf der Straße unterhalten?«

Benno schlug sich die Hand vor den Mund, spielte den Beflissenen.

»Oh, entschuldigen S', Herr Landrat! Darf ich Sie in mein bescheidenes Büro bitten?«

Wallner nickte gnädig.

»Sie lernen es auch noch. Davon bin ich felsenfest überzeugt.«

»Ihre Zuversicht ehrt mich«, erwiderte Benno.

Dann, während er vorausging, verdrehte er die Augen.

Im Dienstzimmer der Kriminalbeamten duftete es nach frisch aufgebrühtem Kaffee. Tatendrang lag in der Luft.

Sabrina saß an ihrem Schreibtisch und studierte die Gästeliste der Trachten-Modenschau. Daneben hatte sie den schwarzen Taschenkalender von Raimund Wendl aufgeklappt. Überrascht hob sie den Kopf, als sie Wallner und ihren Kollegen gemeinsam eintreten sah.

»Guten Morgen, Herr Landrat«, sagte sie und gab sich keine Mühe, ihr Erstaunen zu verbergen.

»Guten Morgen, Frau Lorenz«, erwiderte er. Vor ihrem Schreibtisch blieb er stehen, so daß er Sabrina und Benno gleichzeitig im Blickfeld hatte. »Wie gewöhnlich bin ich terminlich überlastet. Also machen wir's kurz. Ich würde Sie ersuchen, meine Gattin in nächster Zeit nicht zu behelligen. Sie fühlt sich momentan sehr unpäßlich. Begreiflicherweise hat sie diese schreckliche Tat eines offenbar Wahnsinnigen direkt in ihrer unmittelbaren Umgebung sehr mitgenommen. Und – weiterhelfen kann sie Ihnen ohnehin nicht.«

Benno wechselte einen Blick mit Sabrina. Normalerweise hätte er den sehr geehrten Herrn Landrat jetzt darauf hinweisen müssen, daß die Entscheidung darüber, wer in einem Kriminalfall weiterhelfen kann und wer nicht, allein den ermittelnden Polizeibeamten obliegt.

Doch bei einem Mann wie Wallner fruchteten solche Hinweise nicht.

Er war der Typ Mensch, der mit der Nase ins Fett gestoßen werden mußte, wenn es soweit war. Auf andere Weise war er nicht lernfähig.

Benno wandelte die eigentlich fällige Zurechtweisung in eine Frage um.

»Wie gut hat denn Ihre Frau diesen Raimund Wendl gekannt?«

Wallner winkte ab.

»Mein Gott, man hat sich öfter bei gesellschaftlichen Anlässen getroffen.

»Dann waren Sie auch mit Herrn Wendl befreundet?« folgerte Sabrina.

Wallner sah sie an.

»Befreundet? Wirklich nicht. Er ist uns hier und da über den Weg gelaufen – das war alles.« Er nickte, als müsse er seine Worte noch einmal bekräftigen. »Tja, mehr habe ich nicht hinzuzufügen«, sagte er dann. »Ich nehme an, daß ich damit meine Schuldigkeit als Staatsbürger erfüllt habe.« Er wandte sich zur Tür und griff nach der Klinke.

»Was wissen Sie über das ›Projekt Sonnleiten‹, Herr Landrat?« fragte Benno.

Wallner verharrte, stutzte.

»Das …? Ich bitte Sie, in meiner Behörde werden so viele Projekte beantragt.«

»Aber gehört haben Sie davon?«

»Möglich«, erwiderte Wallner achselzuckend. »In welchem Zusammenhang?«

»Nur ein Schuß ins Blaue.« Benno lächelte verbindlich. »Sie haben uns sehr geholfen.«

Wallner deutete ein Nicken an.

»Ich stehe Ihnen jederzeit zur Verfügung«, schnarrte er, und dann war er draußen. Leise schnappend fiel die Tür ins Schloß.

Bennos Miene hatte sich verdunkelt. Feindselig starrte er in die Richtung, in die sein Intimfeind verschwunden war.

»Aus reinem Bürgersinn ist der garantiert nicht erschienen«, murmelte er.

Sabrina spreizte die Finger beider Hände und legte sie aneinander.

»Wenigstens hast du ihn nicht gefragt, ob er für die Tatzeit ein Alibi hat.«

»Das kommt noch«, versicherte Benno grimmig.

»Hier …«, sagte Sabrina und tippte auf die Unterlagen auf ihrem Schreibtisch. »Ich habe mich mit den Abkürzungen in Wendls Taschenkalender befaßt und sie mit der Gästeliste der Modenschau verglichen. Nach unserem bisherigen Wissensstand könnte ›E‹ Elfriede Wallner und ›K‹ Katja Flemisch bedeuten. Eine ›D‹ kommt in dem Kalender auch öfter vor – allerdings nicht mehr in letzter Zeit. Für die gibt es mehrere Möglichkeiten – Dora Grabmeier …«

»Vom Autohaus Grabmeier?«

Sabrina nickte. Sie überflog die angekreuzten Namen auf der Liste.

»Denise Wohlschlager ...«

»Wohlschlager?« wiederholte Benno und runzelte die Stirn. »Heißt so nicht der Notar, bei dem der Wendl heute einen Termin gehabt hätte?«

Sabrina nickte abermals.

»Jedenfalls scheint sich unser Opfer nur aus den besten Fleischtöpfen bedient zu haben.«

In diesem Augenblick ging die Tür auf, und Frau Dr. Zirner betrat das Dienstzimmer. Der Gesichtsausdruck der Staatsanwältin verriet, daß sie sich Sorgen machte.

»Morgen!« sagte sie militärisch streng.

»Morgen, Frau Dr. Zirner«, antworteten Benno und Sabrina unisono, wobei Benno das Gefühl hatte, eigentlich strammstehen zu müssen. Daß er die Hacken nicht zusammenknallte, war für Frau Dr. Zirner möglicherweise ein weiterer Beweis seiner Respektlosigkeit.

»Ich habe eben Landrat Wallner wegfahren sehen«, verriet die Staatsanwältin. »Hat er etwa eine Beschwerde vorgebracht?«

»Beschwerde?« Benno grinste. »Er war die Hilfsbereitschaft in Person.«

Frau Dr. Zirner lächelte kühl.

»Sollten Sie endlich die Spielregeln begriffen haben, Herr Berghammer? Das wäre zu schön, um wahr zu sein. Was haben Sie bisher im Mordfall Wendl eruiert?«

»Tja also ...«, erwiderte er gedehnt. »Das am Tatort gefundene Lederfutteral sagt uns, daß es sich bei der Mordwaffe um einen sogenannten Hirschfänger handeln könnte – ein in Bayern sehr verbreitetes Brotzeitmesser.«

Sabrina fügte hinzu: »Und von der Gerichtsmedizin wissen wir bereits, daß der tödliche Stich von oben nach unten geführt wurde. Und zwar in einem Winkel, der uns verrät, daß der Täter etwa einssiebzig bis einsfünfundsiebzig groß ist.«

Frau Dr. Zirner nickte und stülpte die Lippen vor.

»Von welchem Motiv können wir ausgehen?«

Benno hob die Schultern.

»Da haben wir bis jetzt mehrere zur Auswahl.«

»Wir vermuten, daß Raimund Wendl eine ganze Reihe von Frauenbekanntschaften unterhielt«, ergänzte Sabrina die Auskunft ihres Kollegen.

»Und zwar zu verheirateten Frauen der besseren Kreise«, bekräftigte Benno. »Somit wären deren Ehemänner unsere Verdächtigen Nummer eins.«

Die Staatsanwältin maß ihn mit einem prüfenden Blick.

»War Landrat Wallner etwa deswegen hier? Sie haben doch nicht vor, sein Eheleben zu durchleuchten?«

Benno schmunzelte.

»Keine schlechte Idee, Frau Dr. Zirner.«

Sie ermahnte ihn mit einem durchbohrenden Blick.

»Ich warne Sie zum letztenmal davor, sich mit hochrangigen Persönlichkeiten unseres Landkreises anzulegen und werde eine diesbezügliche Vorgehensweise auf keinen Fall verteidigen oder decken.« Nach einer Pause von der Dauer eines Atemzugs fügte sie schroff hinzu: »Halten Sie mich auf dem laufenden.«

Einer Kehrtwende folgte ein Stakkato energisch stöckelnder Schritte, dann war sie draußen.

Benno begab sich hinter seinen Schreibtisch.

»Bei der habe ich immer das Gefühl, es wäre ihr am

liebsten, wenn ich mich selbst verhaften würde. Aber von mir aus – dann nimm du dir eben die Weiber aus dem Taschenkalender vor. Ich rede inzwischen mit dem ehemaligen Kompagnon vom Wendl.«

Sabrina stand auf und nahm die Liste und den Taschenkalender.

»Vergiß Wendls Sekretärin nicht«, sagte sie ironisch.

»Wieso?«

»Die hat uns längst nicht alles erzählt. Aber nimm zur Sicherheit Riechsalz mit – falls sie wieder weiche Knie bekommt.«

Benno wollte seiner Kollegin erklären, daß Riechsalz aus der Mode gekommen sei, seit es in der Damenwelt aus der Mode gekommen war, in Ohnmacht zu fallen. Oder halt – im Gegenteil, es war eine neue Modewelle ausgebrochen. Bei Konzerten der Backstreet Boys und ähnlicher Gruppen sollen Teenies reihenweise in Ohnmacht fallen. Aber gab man den jungen Damen dann Riechsalz? Oder was?

Wie belebte der Kavalier von heute die ohnmächtige Frau von heute?

Oder war der Ausdruck »Kavalier« für die Nachwuchs-Dame von heute ein Fremdwort?

Fragen über Fragen.

Benno beschloß, sich auf die berufsbezogenen Fragen zu beschränken. Und das waren die, die er einem Herrn namens Vitus Sagstetter stellen würde.

Bei der netten Brigitte Neuhierl würde es dann schon etwas anders aussehen. Nicht ausschließlich berufsbezogen.

Benno marschierte durch die Innenstadt von Bad Tölz und stellte fest, daß man nicht Landrat sein mußte, um von vielen Leuten begrüßt zu werden. Ob er damit allerdings auch schon zu den »hochrangigen Persönlichkeiten« der Frau Staatsanwältin gehörte, wagte er zu bezweifeln.

Nachdem er einmal daran vorbeigegangen war, fand er die schmale Seitenstraße, in der sich Sagstetters Immobilienbüro befand.

Es war ein kleiner Laden mit einem Schaufenster. Früher waren darin vielleicht einmal Strickwaren verkauft worden. Oder Zeitschriften. Oder Brötchen.

Heute klebten innen an der Scheibe Fotos von kleinen Bauernhöfen, von Doppelhaushälften und von Einfamilienhäusern der unteren Preisklasse.

Benno betrachtete die angebotenen Objekte, dann trat er auf den Eingang des Ladens zu. An der Tür klebte ein Zettel mit der Aufschrift »Tüchtige Sekretärin gesucht«.

Er trat ein. Eine Türglocke schepperte; sie mußte noch aus der Strickwaren-, Zeitschriften- oder Brötchen-Zeit stammen.

Der Laden bestand lediglich aus zwei Räumen. Der Mann, den Benno gleich im vorderen Raum traf, saß an einem Schreibtisch und studierte den Immobilienteil der Lokalzeitung. Die für ihn interessanten Anzeigen strich er an.

»Grüß Gott«, sagte er, indem er den Kopf hob. »Was kann ich für Sie tun?«

»Herr Sagstetter, nehme ich an.« Benno blieb vor dem Schreibtisch stehen. »Berghammer, Kripo Tölz.«

Sagstetter nickte; er schien den Besuch des Hauptkommissars erwartet zu haben.

»Ja, ich hab's schon in der Zeitung gelesen«, erwiderte er.

»Sie scheinen nicht besonders erschüttert zu sein«, stellte Benno fest.

Sagstetter deutete ein Lächeln an.

»Na ja, wir haben uns nicht übermäßig gut verstanden.« Als er bemerkte, daß Benno sich umsah, erklärte er: »Ich pfeife auf eine großkotzige Repräsentation.«

Bennos Blick kehrte zu ihm zurück.

»War ihr ehemaliger Kompagnon sehr vermögend?«

»Vermögend?« Sagstetter lachte spöttisch. »Sein ganzes Kapital waren sein Aussehen und der angebliche Charme, auf den die Frauen so geflogen sind.«

Benno nickte versonnen.

»Apropos – haben Sie jetzt seit drei Monaten keine Sekretärin mehr gehabt?«

»Doch«, erwiderte Sagstetter, »aber nicht die richtige.«

»Und wie haben Sie sich von dem Wendl getrennt? Einvernehmlich? Oder hat's gekracht?«

Sagstetter blies die Atemluft durch die Nase.

»Ich war bloß froh, als er draußen war. Ein sich selbst überschätzender Blender war er. Für mich zählt Seriosität mehr als die dauernde Arschkriecherei bei den Bonzen und ihren frustrierten Weibern.«

Eine Ansicht, die Benno durchaus gefiel.

»Haben Sie je von einem Projekt Sonnleiten gehört?« fragte er.

Sagstetter schüttelte den Kopf.

»Klingt nach meinem früheren Partner. Bei dem war alles gleich ein ›Projekt‹.«

Benno nickte.

»Tja, das war's eigentlich. Entschuldigen S', daß ich Sie von der Arbeit abgehalten habe.«

»Keine Ursache«, erwiderte der Immobilienmakler. »Vielleicht kommen Sie ja mal als Kunde wieder.«

»Ja, vielleicht«, erwiderte Benno und lächelte. Er wandte sich zur Tür. Schon halb draußen, drehte er sich noch einmal um. »Warum stellen Sie das Fräulein Neuhierl nicht wieder ein – die sucht sicher bald was und kennt sich bei Ihnen schon aus.«

»Ich habe auch vor, sie zu fragen«, bestätigte Sagstetter.

»Dann warten Sie nicht zu lange«, riet Benno. »Sonst schnappt sie Ihnen jemand weg.«

Er verließ den Laden, und als er draußen an dem Schaufenster vorbeiging, warf er einen kurzen Blick auf Vitus Sagstetter, der sich rasch wieder in die Zeitung vertiefte. Er hatte dem Hauptkommissar äußerst nachdenklich hinterher geblickt.

Die Sonnenstrahlen tauchten den Hinterhof der Gaststätte bereits in ein freundliches warmes Licht, das durch die Kronen hoher, alter Bäume gefiltert wurde. An einem der langen Tische auf einer Bank saß Katja Flemisch allein im Halbschatten. Vor ihr auf dem Tisch waren Modezeitschriften ausgebreitet; daneben stand eine Weinschorle. Katja blätterte in einer der Zeitschriften.

Sabrina betrat den Hof durch den Hintereingang der Gaststätte, und sie entdeckte sofort die Inhaberin der schönen neuen Boutique.

»Guten Tag, Fräulein Flemisch«, sagte Sabrina und trat auf den Tisch zu. »Kennen Sie mich noch?«

Katja stellte das Blättern ein und blickte auf.

»Natürlich«, sagte sie. »Die Kripobeamtin.«

»Darf ich mich zu Ihnen setzen?«

»Natürlich.« Katja lächelte matt. »Ich flüchte von Zeit zu Zeit vor allzu anspruchsvollen Kundinnen hierher. Wie haben Sie mich überhaupt gefunden?«

»Ihre Verkäuferin gab mir den Tip.« Sabrina setzte sich ihr gegenüber.

Katja räumte die Modezeitschriften weg.

»Sicher wollen Sie von mir was über den Herrn Wendl wissen.«

»Unter anderem«, bestätigte Sabrina.

Katja trank einen Schluck von der Weinschorle.

»Wir waren nur oberflächlich befreundet«, sagte sie, nachdem sie das Glas wieder abgestellt hatte. »Irgendwie hat er es geschafft, sich in denselben Kreisen zu bewegen, in die auch ich aufgestiegen bin.«

»Welchen Vorzügen hat er dieses Privileg zu verdanken?«

Katja musterte die Kripobeamtin mit fragendem Blick, tat, als hätte sie die Frage nicht verstanden.

»Sie verstehen mich sehr gut«, sagte Sabrina. »Ich muß wohl nicht betonen, daß Ihre Informationen vertraulich behandelt werden. Ein Mann wie Wendl hatte gewisse Chancen, die er offenbar auch genutzt hat.«

Katja tat, als würde sie erst jetzt begreifen, worauf die Kriminalbeamtin hinauswollte.

»Sie dürfen das nicht überbewerten«, sagte sie. »Im Grunde ist *er* es gewesen, der benutzt wurde. Gefühle

Benno Berghammer, der »Bulle von Tölz«, und Sabrina Lorenz sind ein unschlagbares Team, wenn es darum geht, Verbrechen aufzudecken.

Resi Berghammer - ihr größter Wunsch sind Enkelkinder. Doch dafür muß erst einmal eine Frau für ihren Bub Benno her.

Um Katja Flemisch und Elfriede Wallner nicht zu stören, wendet sich Raimund Wendl zur Seite, als er einen offenbar wichtigen Anruf erhält.

Rudolf Wohlschläger scheint der letzte gewesen zu sein, der Raimund Wendl lebend gesehen hat.

Als die Modenschau mit dem Hochzeitsdirndl ihren Höhepunkt erreicht, geschieht das schreckliche Verbrechen.

Elfriede Wallner, Margit Wohlschläger und Katja Flemisch verlassen die Modenschau fluchtartig. Haben sie etwas zu verbergen?

Auch Vitus Sagstetter gehört zu den Verdächtigen.

Als Benno die attraktive Brigitte Neuhirl kennenlernt, schöpft Resi Berghammer Hoffnung. Wird dies die langersehnte Schwiegertochter?

Manchmal weiß Benno Berghammer nicht, was anstrengender ist: seine Arbeit zu tun . . .

. . . oder die Kupplungsversuche seiner Mutter abzuwehren.

Argwöhnisch beobachten die Wallners den »Bullen von Tölz« bei seinen Ermittlungen. . .

. . . und Benno Berghammer seinerseits läßt gewiß niemanden aus den Augen, der verdächtig scheint.

waren dabei nicht im Spiel. Eigentlich war er ein armer Kerl auf dem steinigen Weg nach oben. Das werden Ihnen auch andere bestätigen.«

Sabrina nickte versonnen.

»Aber den Ehemännern muß er doch ein Dorn im Auge gewesen sein. Haben Sie mitbekommen, wer ihn auf der Modenschau angerufen hat?«

»Den Raimund?« Katja schüttelte den Kopf. »Nein. Er hat praktisch nur zugehört, ohne einen Namen zu nennen. Dann hat er so was Ähnliches gesagt wie ›Ich komme raus‹ und sich bei uns entschuldigt.«

Eine junge Kellnerin in schwarzem Rock und weißer Bluse trat an den Tisch und sah die Kriminalbeamtin fragend an.

»Ich möchte ein kleines Bier«, sagte Sabrina. »Und eine richtig deftige Brotzeit. Haben Sie Geräuchertes – so auf einem Holzteller – mit Schwarzbrot?«

»Freilich«, antwortete die Kellnerin.

»Aber bringen Sie es mir im Stück – das Geräucherte«, bat Sabrina, »nicht aufgeschnitten.«

Die Kellnerin sah irritiert aus, als sie vom Nebentisch ein Besteck holte, das in eine Papierserviette gewickelt war.

Katja ergriff die Gelegenheit beim Schopf, hob die Hand.

»Ich zahle dann schon mal!« Sie kramte ihr Portemonnaie aus der Handtasche und zupfte einen Schein heraus. Diskret rollte sie ihn zusammen und drückte ihn der jungen Frau in die Hand. Mit einem Nicken und einem Blick signalisierte sie ihr ein stummes »Stimmt so«.

Sabrina folgerte aus der raschen, eingespielt wirkenden kleinen Transaktion, daß sie häufiger stattfand, wenn nicht regelmäßig. Katja Flemisch schien zumindest Stammgast des Hauses zu sein.

Die Kellnerin bedankte sich strahlend und legte das eingewickelte Besteck vor Sabrina auf den Tisch.

»Danke, ich brauche kein Besteck«, wehrte die Kriminalbeamtin ab.

Die Kellnerin musterte sie, wie man einen offenkundig verwirrten Menschen mustert. Sie ließ das Besteck liegen. Es wegzunehmen paßte nicht in das Muster ihrer gewohnten Arbeitsabläufe.

Auch Katja, die das Portemonnaie wieder in ihrer Handtasche verstaute, bedachte ihr Gegenüber mit einem verwunderten Blick.

Nachdem die Kellnerin sich kopfschüttelnd auf den Weg ins Gasthaus gemacht hatte, lieferte Sabrina der Boutique-Inhaberin die fällige Erklärung, und sie tat es mit Bedacht.

»Ich habe mir gerade ein Brotzeitmesser gekauft«, verriet sie vertrauensvoll. »Und jetzt möchte ich es ausprobieren.«

Aus ihrer Umhängetasche nahm sie einen nagelneuen Hirschfänger mit Horngriff. Sie stellte die Tasche neben sich auf die Bank, öffnete umständlich den Verschluß der Lederscheide und zog sie dann von der blitzenden Klinge.

Katja beobachtete ihr Tun mit mildem Lächeln.

»Schon mal so was gesehen?« fragte Sabrina. »Nennt sich Hirschfänger.«

»Sicher.« Katja nickte beiläufig und raffte die Modezeitschriften zusammen.

»Oben ist eine kleine Dose für Schnupftabak«, verriet Sabrina in kindlicher Begeisterung. »Ziemlich originell das Ganze!«

Katja sandte einen Blick zum Himmel. Dann sagte sie geduldig:

»So ein Messer findet man hier in fast jedem Haushalt.« Sie stand auf und nahm die Zeitschriften an sich. »Frau Lorenz, ich muß wieder in meinen Laden.«

Sabrina hielt den Hirschfänger hoch.

»Im Haushalt Ihres Verlobten, Herrn Rambold – gibt es da auch so eins?«

Katja lächelte herablassend.

»Nicht unbedingt. Ein Mann wie er hat – im Gegensatz zu seinen Arbeitern – keine Zeit zum Brotzeitmachen.« Sie nickte der Kriminalbeamtin zu und beendete das Gespräch knapp und geschäftsmäßig. »Wiederschaun.«

Sabrina ließ sie gehen. Einen Moment lang hatte sie sich gefragt, ob es Sinn gemacht hätte, die Frau zum Bleiben zu veranlassen. Doch Katja Flemisch wirkte in ihren Äußerungen und in ihrem Verhalten sehr sicher.

Und die Hirschfänger-Nummer war bei ihr voll daneben gegangen.

Sabrina beschloß, dennoch zu bleiben. Schließlich konnte sie schlecht die Zeche prellen. Und für eine Leistung bezahlen, die sie nicht in Anspruch genommen hatte, kam auch nicht in Frage. Also wartete sie, bis ihre Bestellung gebracht wurde. In aller Ruhe probierte sie aus, wie so ein Hirschfänger zur Gemütlichkeit einer bayrischen Brotzeit beitrug. Das rustikale Moment war zumindest nicht zu verachten.

Mütter, dachte Benno Berghammer, *Mütter sind zwiespältige Wesen.*

In gemächlichem Tempo steuerte er seinen BMW durch die Stadt, und es war diese Erkenntnis, die ihm der neue Tag eingab.

Mütter verwöhnten ihre Söhne, da gab es gar keinen Zweifel. Sofern sie diese bemitleidenswerten Kerle lange genug unter ihren Fittichen hatten, machten sie rechte Muttersöhnchen aus ihnen.

Und dann, zu einem offenbar nicht vorhersehbaren Zeitpunkt, kamen sie auf die Idee, daß das Söhnchen unbedingt ein Weibchen brauchte. Auf einmal wurden die Mütter dieser Welt dann ganz närrisch in ihrem Verlangen nach einer Schwiegertochter – wobei die Sehnsucht nach einem Enkelkind dabei wohl ausschlaggebend war.

Nun, zumindest galt das wohl für die Mütter der heimischen Welt.

Was, um Himmels willen, war das Motiv?

Benno gelangte zu der Überzeugung, daß diesem Phänomen mit kriminalistischen Mitteln nicht auf die Spur zu kommen war.

Wie auch immer, im Fall seiner Mama gewannen die diesbezüglichen mütterlichen Instinkte eine derartige Triebkraft, daß man sich ihnen kaum noch widersetzen konnte.

Der Gedanke an den Trachtenverein bereitete ihm jetzt noch Übelkeit.

Der Gedanke an seine neue Bekanntschaft Brigitte allerdings …

Nun, das war eine völlig andere Geschichte. Zwar handelte es sich um eine Bekanntschaft, die er nicht privat gemacht hatte. Aber das spielte unter dem Strich keine Rolle – wenn er es nur verstand, die zarte, sich entwickelnde Beziehung in die richtige Richtung zu manövrieren.

Darüber hatte er nun lange genug nachgedacht.

Zugegeben, was den Umgang mit Frauen betraf, war er nicht gerade ein Ausbund an Erfahrung. Auch war er nicht der Typ, der der Ermordete gewesen zu sein schien. So einer würde er auch sicherlich nie werden.

Aber das alles war nebensächlich, wenn er sich vor Augen hielt, daß seine Zuneigung zu der netten, sympathischen Brigitte nicht von ungefähr kam.

Sie hatte auf ihn reagiert!

Ja, er hatte gespürt, wie sie sein Mitgefühl und seine Fürsorge aufgesogen hatte – wie der berühmte trockene Schwamm. Was das menschliche Miteinander betraf, mußte sie folglich einiges an Defiziten haben.

Und das Aufregende war, er fühlte sich in der Lage, mit ihr umzugehen, ihre Defizite auszugleichen. Ihre ganze Wesensart entsprach dem, was er immer ersehnt hatte. Sie reagierte auf eine Weise auf ihn, die es ihm leicht machte, mit ihr umzugehen. In ihrer Nähe fühlte er sich nicht eine Sekunde lang unsicher oder gar gehemmt.

Auch über die weitergehenden Gesichtspunkte war er sich im klaren.

Er war lange genug Kriminalbeamter, um die Konflikte zu kennen, die sich aus Mutter-Sohn-Schwiegertochter-Beziehungen ergeben konnten. Bis hin zu Mord und Totschlag reichte das, und fraglos hing es damit zusammen, daß Mütter sich bisweilen nicht damit abfinden konnten, alle Rechte auf ihren Sohn an die Schwiegertochter abtreten zu müssen. Zumal dann, wenn die Mutter keinen Ehemann mehr hatte, um den sie sich ersatzweise kümmern konnte.

Benno war sich all dieser Eventualitäten bewußt, und doch scheute er sich nicht, der Brigitte etwas mehr als nur berufliches Interesse zu widmen.

Die Büroräume waren still, geradezu öde in ihrer Verlassenheit. All der Luxus wirkte auf einmal kalt und unpersönlich, abweisend sogar.

Brigitte Neuhierl fühlte sich einsam an ihrem Schreibtisch im Vorzimmer. Es gab so gut wie nichts zu tun, und da sie sich irgendwie die Zeit vertreiben mußte, manikürte sie sich die Fingernägel.

Unvermittelt ertönte die Türklingel.

Sie beugte sich vor, drückte den Knopf der Sprechanlage.

»Alpenland Immobilien-Verwertungsgesellschaft. Haben Sie einen Termin?«

»Berghammer hier«, antwortete die nun schon vertraute Stimme des Hauptkommissars aus dem Lautsprecher. »Ich fürchte, ich habe nie einen Termin.«

»Ah, Herr Kommissar!« rief sie und betätigte den Türöffner. Rasch räumte sie die Maniküre-Utensilien in eine Schreibtischschublade. Im Vorbeigehen warf sie einen Blick in den Garderobenspiegel und richtete sich kurz das Haar.

Dann öffnete sie die Eingangstür zum Büro.

Benno hatte bereits den Hausflur betreten, und er begrüßte sie mit seinem jungenhaften, sympathischen Lächeln.

»Ich hoffe, ich störe Sie nicht gerade, Fräulein Neuhierl.«

»Überhaupt nicht«, erwiderte sie. Einen Moment lang senkte sie verlegen den Kopf. Dann blickte sie den Besucher wieder an. »Praktisch habe ich hier ja kaum noch was zu tun.«

Benno nickte verständnisvoll.

»Wer ist jetzt eigentlich Ihr neuer Chef?« fragte er. »Der Herr Wendl hat sicher Partner gehabt, die für die Finanzierung zuständig waren.«

Mit einer Handbewegung bat Brigitte ihn, ihr ins Büro zu folgen. Dort blieben sie vor den Schreibtischen stehen.

»Stille Teilhaber«, antwortete sie. »Aber die verhalten sich so still, daß ich sie nie zu Gesicht bekommen habe. Und was wollten S' mich sonst noch fragen?«

Erwartungsvoll lächelnd sah sie ihn an.

Benno spürte, daß es sich wie eine Aufforderung anhörte. Jetzt mußte er eigentlich die fällige Frage stellen. *Würden Sie mit mir essen gehen?* Oder kavaliersmäßiger formuliert: *Darf ich Sie zum Essen einladen? Vielleicht heute abend? Morgen abend? Jeden Abend?*

Er brachte es nicht heraus, und er hätte sich dafür in den Hintern treten können.

Ihre Augen schienen sich geradezu nach diesen entscheidenden Worten zu sehnen. Die sanfte Wärme in ihrem Blick brachte ihn fast um den Verstand.

Und trotzdem konnte er nicht anders – er ging zur Tagesordnung über. Er verstand sich selbst nicht mehr.

»Ich würde gern mit der Bäuerin reden«, sagte er geschäftsmäßig. »Und zwar mit der, die mit dem Wendl einen Termin beim Notar gehabt hat.«

»Also mit der Hallwegerin«, folgerte Brigitte, und ihre Stimme hörte sich enttäuscht an.

Benno nickte und lächelte wieder.

»Wo liegt ihr Hof?«

»Bei Haunleiten«, antwortete Brigitte sofort. »Sie fahren nach dem Gasthof zur Post rechts einen Feldweg rein, der führt Sie direkt hin.«

»Ich kenne die Wirtschaft«, entgegnete Benno. »Hat einen wunderbaren Biergarten. Uralte Kastanien. Jede Menge Schmankerl.«

Mehr denn je bereitete es ihm Schwierigkeiten, das Gespräch in eine Richtung zu lenken, die auf die immer noch unausgesprochene Einladung hinführte.

»Klingt recht vielversprechend«, stufte Brigitte seine Gasthof-Beschreibung ein. Und abermals sah sie ihn erwartungsvoll an.

Doch Bennos Blick wanderte in dem Büro umher, suchend geradezu, um sich an irgend etwas klammern zu können, was ihm erlaubte, weiter um den heißen Brei herumzureden.

Tatsächlich blieb sein Blick an einem großen Wandkalender hängen, auf dem der nächste Samstag rot angestrichen war.

»Ah!« rief er, als hätte er eine sensationelle Entdeckung gemacht. »Hat nächsten Samstag jemand Geburtstag?«

Brigitte lächelte gequält.

»Nein, da ist eine Party beim Herrn Rambold. Sie wissen ja, der bekannte Bauunternehmer.« Sie seufzte tief. »Mein Chef wollte mich mitnehmen, aber das hat sich ja jetzt erledigt.«

»Eine Party ....«, murmelte Benno und nickte bedächtig. »Vielleicht schau' ich da mal vorbei.«

Brigittes Lächeln nahm einen ironischen Zug an.

»Ich glaube kaum, daß die Polizei dort willkommen ist.«

Benno schüttelte den Kopf.

»Ich würde privat hingehen. Ich kenne den Toni – den Rambold – schon ziemlich lange.«

»Ach, wirklich?« Brigitte war überrascht und erkennbar beeindruckt. »Das ist ja interessant!«

Benno schaffte es auch diesmal nicht. Er war sich der Tatsache bewußt, wie leicht es in dieser Situation gewesen wäre, Brigitte zu fragen, ob sie mit *ihm* zu Rambolds Party gehen würde. Doch in der Wirklichkeit gab es offenbar irgend etwas, das es den Menschen schwerer machte als den Helden im Fernsehen. Was den Leuten auf dem Bildschirm so locker plätschernd über die Lippen kam, wollte in der Realität erst einmal ausgesprochen werden.

Das waren einfach zwei verschiedene Paar Schuhe.

Benno begriff es jetzt.

»Tja, dann ...«, hörte er sich nuscheln. »Dann laß ich Sie wieder allein. Richtig!« Er griff in die Außentasche seines Jacketts, holte eine Visitenkarte hervor und drückte sie der Sekretärin in die Hand. »Ich wollte Ihnen meine Karte dalassen. Für den Fall, daß Sie – daß Ihnen noch was einfällt, was mir weiterhilft.«

Brigitte nahm die Karte entgegen. Ihr Gesichtsausdruck spiegelte nun großen Ernst, als sie ihn ansah.

Doch er wandte sich rasch ab. Auf einmal hatte er es sehr eilig, das Büro und das Haus zu verlassen.

Benno hatte diese Diskrepanz nie verstanden. Auf dem Weg aus der Stadt und hinaus aufs Land hatte er genügend Zeit, darüber nachzudenken.

Auf der einen Seite die Redewendungen mütterlicherseits.

Du solltest nun aber bald heiraten, mein Junge.

Willst du nicht langsam ans Heiraten denken?

Mach deiner Mama eine Freude und heirate.

Auf der anderen Seite die Umsetzung solcher geschäftsmäßigen Ermunterungen. Sie hörten sich an wie:

Du solltest nun aber bald ein neues Auto kaufen, Junge.

Willst du nicht langsam an einen neuen Anzug denken?

Mach deiner Mama eine Freude und laß dir einen Vollbart stehen.

Fairerweise mußte er zugeben, daß es nicht nur die Mama war, die ihn mit solchen Sprüchen belästigte. Auch wenn er alte Bekannte und Freunde traf, bekam er Sinngemäßes zu hören.

Hallo, Benno! Immer noch keine Lust zum Heiraten?

Sieh an, der Benno! Heiratest denn nun bald?

Wir warten auf die Einladung zu deiner Hochzeit, Benno!

Weder die Mama noch all diese Leute schienen zu begreifen, daß das Heiraten keine Sache war, die man mal eben erledigen konnte wie den Kauf eines Autos oder eines Anzugs. Da verhielt es sich genau wie mit dem Vollbart:

Man brauchte nur sich selbst, um eine solche Entscheidung zu treffen. Die Willensbildung und ihre

Umsetzung waren eine einfache Sache, weil man selbst die einzig zuständige Autorität war.

Zum Heiraten aber gehörten zwei.

Die Entscheidung darüber traf man nicht allein. Benno fragte sich ernsthaft, ob der Mama und den anderen dieser elementare Punkt nicht bekannt war.

Eine Ehe wollte angebahnt werden.

Und das Anbahnen war schwieriger als das Schließen.

Benno erinnerte sich noch gut, wie er als Bub die Zeitung studiert und die Mama gefragt hatte, was denn ein »Eheanbahnungsinstitut« sei. Sie hatte gesagt, das brauchte er nicht zu wissen, das sei nur etwas für Leut', die ein bisserl verklemmt seien.

Die Eheanbahnungsinstitute von damals nannten sich heute »Partnerschaftsvermittlung«, und erstaunlich war, daß sie den Anzeigenteil der Zeitung heute gleich seitenweise beanspruchten, während sie früher noch mit ein paar Spalten ausgekommen waren.

Die Zahl der Menschen mit Anbahnungs-Schwierigkeiten mußte folglich explosionsartig zugenommen haben.

Er war also keine Ausnahme, auch wenn es ihm so vorkam. In seiner Umgebung gab es einfach zu viele Verheiratete. Das war die ganze Erklärung. Ob es da eine Selbsthilfegruppe gab? Für Anbahnungs-Gestörte? Vielleicht würde so was sinnvoller sein als der Trachtenverein.

Benno bemerkte, daß seine Betrachtungen in Selbstironie auszuufern drohten.

Daher stellte er sie ein.

Ohnehin passierte er nun den Gasthof zur Post, von

dem Brigitte gesprochen hatte. Gleich darauf folgte der Feldweg. Benno nahm den Fuß vom Gas und lenkte den BMW im Schrittempo durch Feld und Flur.

Die Landschaft bot ziemlich alles, wovon Großstädter nur zu träumen wagten. Wiesen mit ihrem satten Grün. Braun-weiße Kühe, die in der landwirtschaftlichen Fachsprache »Rotbunte« hießen, plätschernde Bäche, ein Marterl am Wegesrand, sanfte Hügel, verschwiegene kleine Wälder und sorgsam bestellte Äcker. Idyllischer konnte man es sich nicht wünschen.

Und dann ein schwarzer Siebener BMW.

Der große Wagen parkte an der Seite des Weges, im Gras, so daß andere Fahrzeuge Platz hatten, vorbeizukommen. Die Fahrertür der schwarzen Luxuslimousine stand offen.

Ein paar Meter vor seinem Wagen stand Anton Rambold auf der Böschung und hielt Ausschau über das weite Gelände. Alle umliegenden Flächen, soweit sie in Sichtweite lagen, wurden ausschließlich landwirtschaftlich genutzt.

Als er das Motorgeräusch hörte, drehte Rambold sich um.

Benno stoppte seinen BMW neben dem anderen Wagen und ließ die rechte Seitenscheibe herunterschnurren.

Rambold trat näher und grinste breit.

»Der Benno!« rief er. »Ohne Rast und Ruh auf Mörderfang!«

Benno erwiderte das Grinsen seines früheren Schulkameraden.

»Komischerweise treffe ich dabei immer wieder auf dich.«

»Ja mei!« lachte Rambold. »Wo es was zu holen gibt, herrscht das Gesetz des Dschungels!« Er blickte den Feldweg hinunter. In einiger Entfernung waren die Dächer eines Einzelgehöfts auszumachen. »Haben wir zufällig denselben Weg?«

»Sieht ganz danach aus«, bestätigte Benno.

»Möchtest du von der Hallwegerin wissen, warum sie den Termin beim Notar abgesagt hat?«

Benno war verblüfft.

»Abgesagt?« echote er. »Aus welchem Grund?«

»Siehst du«, sagte Rambold und nickte. »Genau das würde mich jetzt auch brennend interessieren.« Er klatschte in die Hände. »Was tun wir denn jetzt, Benno? Machen wir ein schnelles Geschäft?«

»Ach, du meine Güte, Toni!« Benno lachte und winkte ab. »Dafür bin ich doch nicht kapitalkräftig genug.«

Rambold hob den Zeigefinger scherzhaft mahnend.

»Diesmal warst du aber derjenige, der zuerst vom Geld geredet hat. Hör zu: Ich kaufe der Hallwegerin den Hof ab, und du kriegst das andere raus.«

Benno verzog das Gesicht.

»Ach, nein – ich will lieber nicht dabei sein, wenn du die arme Frau über den Tisch ziehst.«

Rambold sah ihn entrüstet an.

»Die arme Frau weiß allem Anschein nach besser als ich, was ihr Grund wert ist. Ich bin froh, wenn *sie* mir nicht die Haut bei lebendigem Leib abzieht.«

»Aber ihren Grund und Boden mußt du haben, stimmt's? Sonst ist das andere nichts wert.«

Rambold seufzte und nickte zustimmend.

»Du sprichst ein wahres Wort gelassen aus.«

Benno scheute sich nicht, die Dinge auf den Punkt zu bringen. Mit Anton Rambold hatte er schon immer ein klares Wort reden können. Abgesehen von seinen manchmal krummen Geschäften, war der Toni nicht der Schlechteste.

»Der Wendl war dein Strohmann«, stellte Benno fest. »Der hat gekauft, was du ihm herangeschafft hast.«

»Na ja ...«, entgegnete der Bauunternehmer mit einem schiefen Grinsen. »Wenn ich daherkomme, wird doch sofort alles teurer.«

»Also hast du deinen Strohmann vorgeschickt«, folgerte Benno. »Wahrscheinlich ist unser Landrat auch wieder mit von der Partie.«

Rambold lachte.

»Vor dir kann man aber auch gar nichts verheimlichen!«

»Aber dann ist was schiefgegangen«, spann Benno seinen Faden weiter. »Irgend jemand hat irgendwen hintergangen. Jedenfalls war der Wendl plötzlich nicht mehr erwünscht. Mit euch darf man es sich halt nicht verderben. Die Mama warnt mich andauernd davor.«

Rambold sah ihn an, als wollte er sich an die Stirn tippen. Doch statt dessen wechselte er kurzerhand das Thema.

»Was ist mit unserem Geschäft? Fahren wir gemeinsam, oder kehrst du um? *Ich* kehre jedenfalls nicht mehr um.«

Benno nickte und gab Gas. Gleich darauf, als er in den Innenspiegel blickte, sah er, daß sein Schulfreund ihm folgte.

6. Kapitel

Transaktionen

Das Haupthaus und die Nebengebäude des Hofes waren bestens in Schuß. Kaum zu glauben, daß dies alles von einer alleinstehenden Frau bewirtschaftet wurde, die zudem nicht mehr die jüngste war.

Benno parkte seinen Wagen vor einer Scheune, deren Tor in frischem Rotbraun gestrichen war. Dort, wo sich die Handgriffe zum Öffnen des Tors befanden, waren Blumen aufgemalt, mit vielen bunten Schnörkeln.

Auch das Wohnhaus zeigte mit seiner echten, aus den Balkonkästen wuchernden Blütenpracht, daß hier die schmückende Hand einer Frau am Werk war. Trotz all der harten Hofarbeit legte die Hallwegerin noch Wert darauf, daß sich ihr Anwesen mit einem gefälligen Äußeren präsentierte.

Die Stallungen waren massiv aus Stein gebaut. Als Benno ausstieg, hörte er das laute Quieken von Schweinen. Er kannte es aus seiner Kindheit. So hörten sich Schweine an, wenn der Zeitpunkt des Fütterns nahte. Die Viecher hatten so etwas wie eine innere Uhr. Fast auf die Minute pünktlich fingen sie mit ihrem Hungergeschrei an – einerlei, ob sich ihnen nun gerade der für das Füttern zuständige Mensch näherte oder nicht.

Allem Anschein nach hielt sich aber die Hallwegerin bereits im Schweinestall auf. Trotz des Lärms, den das Borstenvieh veranstaltete, konnte Benno eine Frauenstimme hören. Beruhigend redete sie auf die Tiere ein.

Anton Rambold parkte seinen Wagen neben dem des Hauptkommissars. Der Bauunternehmer stieg aus und nahm einen ledernen Aktenkoffer von der hinteren Sitzbank seiner Limousine.

Benno wartete auf ihn, deutete mit einer Handbewegung in die Runde.

»Ewig schade, wenn so ein Hof abgerissen wird.«

Rambold zuckte die Achseln.

»Die Ökonomie ist halt nicht mehr das, was sie mal war.«

Benno musterte den ehemaligen Schulkameraden nachdenklich. Anton Rambold war auch nicht verheiratet. Aber der Fall mußte irgendwie anders gelagert sein, denn an Frauengeschichten mangelte es ihm ja wahrhaftig nicht. Trotzdem – vielleicht konnte einem sogar ein Hallodri wie der Toni einen wertvollen Tip geben.

Benno sah ihn daher vertrauensselig an und fragte:

»Sag mal, Toni, wolltest du nicht das Fräulein Flemisch heiraten?«

Rambold stieß ein trockenes Lachen aus.

»Alles eine Kostenfrage, mein Lieber. Verlobt bin ich ja.«

»Sind dir die paar Mark fürs Standesamt zuviel?«

Rambold schlug ihm freundschaftlich auf die Schulter.

»Ich rede nicht vom Heiraten, sondern von der

Scheidung, mein Lieber! Zwanzig Millionen Minimum – sagt mein Rechtsbeistand.« Er zwinkerte dem Hauptkommissar zu. »Da habe ich ihr lieber ein Modegeschäft eingerichtet – eine Boutique.«

Benno schmunzelte. Nein, für seinen speziellen Fall kam der Toni als Ratgeber nicht in Frage. Er, Benno Berghammer, würde seiner Angebeteten nicht mal einen Zigarettenladen einrichten können. Einmal abgesehen davon, daß es gar keine Angebetete gab, die ihm ausreichend zugetan war.

Das Quieken der Schweine nahm ab, und die Stimme der Bäuerin war nun deutlicher zu hören.

»Packen wir's, Benno!« sagte Rambold entschlußfreudig. »Das ist ja fast wie in der seligen Schulzeit.«

Gemeinsam gingen sie auf den Schweinestall zu.

Drinnen blieben sie einen Moment bei der Tür stehen, um sich an das künstliche Licht zu gewöhnen. Obwohl Leuchtstoffröhren unter der Decke des langgestreckten Gebäudes brannten, war die Helligkeit nicht mit dem Tageslicht zu vergleichen.

Die Schweine waren ruhig geworden. Ein vielstimmiges, zufriedenes Schmatzen und Grunzen zeigte an, daß sie alle mit Futter versorgt worden waren.

Weit hinten, im Gang zwischen den Stallboxen, drehte sich die Hallwegerin um. Sie war eine kräftig gebaute Frau von Mitte Fünfzig, trug einen geblümten Kittel und gelbe Gummistiefel. Sie ließ einen Eimer zu Boden sinken und stemmte die Fäuste in die Hüften, als sie die Besucher erblickte. Ihre Haltung war abweisend, beinahe feindselig.

Benno Berghammer und Anton Rambold gingen auf sie zu.

»Gott zum Gruße, Hallwegerin!« sagte der Bauunternehmer freundlich.

Die Bäuerin fixierte ihn aus schmalen Augen.

»Seid ihr von der Alpenland-Verbrecher- und Lumpen-Gesellschaft?« fauchte sie. »Ich kann mir schon denken, was ihr von mir wollt. Aber ich verkaufe nicht! Also seht zu, daß ihr weiterkommt!«

Doch Männer wie Anton Rambold und Benno Berghammer ließen sich nicht so leicht abwimmeln – wenn auch aus völlig unterschiedlichen Beweggründen.

Rambold blickte in eine der Boxen, in der sich Ferkel tummelten.

»Mein Gott, sind die Ferkel lieb!« rief er begeistert. »Direkt zum Fressen!«

Benno hob die Hand.

»Ich hätte auch ein paar Fragen an Sie, Frau Hallweger.«

Rambold nickte, indem er sich an die Bäuerin wandte.

»Und zwar, wieviel du jetzt für den Quadratmeter verlangst!«

Die Hallwegerin knirschte grimmig mit den Zähnen.

»Ich weiß Bescheid!« giftete sie den Bauunternehmer an. »Dies soll alles Baugrund werden! Unter dreihundert Mark läuft da überhaupt nichts!«

»Wer hat Sie so gut informiert?« fragte Benno erstaunt.

Die Hallwegerin lachte bissig.

»Der Wind hat's mir zugetragen!«

Anton Rambold machte eine energische Handbewegung.

»Hören wir auf mit dem Herumalbern. Ich gebe dir

zweihundertfünfzig für den Quadratmeter – und damit fünfmal soviel, wie deine sämtlichen Nachbarn bekommen haben.«

Sie schüttelte den Kopf.

»Dreihundert. Keinen Pfennig weniger.« Abrupt drehte sie sich um und stapfte davon. Sie öffnete eine Zwischentür und betrat den angrenzenden Kuhstall.

Benno und Anton folgten ihr notgedrungen. Als sie den Kuhstall betraten, sahen sie die Bäuerin erneut bei der Arbeit. Sie hatte sich eine Heugabel gegriffen und hob damit frisches Gras in die Futtertröge der Kühe.

Die beiden Männer traten auf sie zu.

»Was hast du eigentlich davon, wenn du dich zu Tode arbeitest?« fragte der Bauunternehmer. »Wo du doch die Chance hättest, dein Leben jetzt richtig zu genießen!« Er stellte den ledernen Aktenkoffer neben sich ab.

»Zweihundertachtzig«, sagte die Hallwegerin. »Mein letztes Wort!«

Benno konnte es nicht fassen. Bahnte sich hier ein Kuhhandel im wahrsten Sinn des Wortes an? War das die übliche Prozedur, mit der man Grundstücksgeschäfte tätigte? Eine Millionen-Transaktion im Kuhstall?

Er sah seinen Schulfreund an, fest überzeugt, daß der nun nichts anderes mehr tun konnte, als dem Vorschlag der armen Frau zuzustimmen.

Doch Anton Rambold reagierte völlig anders.

»Dann eben nicht«, sagte er achselzuckend. »Dann nehme ich eben meine halbe Million, die ich anzahlen wollte, wieder mit. Abnehmer gibt's dafür wie Sand am Meer.«

Benno und die Bäuerin starrten gleichermaßen entgeistert auf den ledernen Aktenkoffer, den Rambold jetzt wieder an sich nahm.

»Sag bloß, du schleppst eine halbe Million Mark mit dir herum!« entfuhr es Benno.

Anton lächelte.

»Also – Hosenknöpfe sind keine drin.« Er betrachtete den Koffer, hob ihn hoch und rief: »Herrschaft, jetzt habe ich ihn auch noch in den Kuhdreck gestellt! Macht aber nichts – dann riecht er nicht mehr so penetrant nach Geld.«

Er wandte sich zur Tür.

Die Hallwegerin schrie hinter ihm her.

»Mach den Malefizkoffer auf!«

Anton blieb stehen, drehte sich um und folgte ihrer Aufforderung in aller Ruhe.

Die Augen der Bäuerin und des Hauptkommissars weiteten sich.

Der Koffer war tatsächlich randvoll mit gebündelten Banknoten.

»Zweihundertfünfzig für den Quadratmeter«, sagte Anton Rambold trocken.

Benno fühlte mit der Bäuerin. Er ahnte, was in ihr vorging. Anton, sein alter Freund und Kupferstecher, hatte die Sache geschickt eingefädelt. So einen Batzen Geld bar auf die Hand zu kriegen war schon eine der verlockendsten Sachen, die man sich vorstellen konnte. Ja, der Anblick gebündelter Banknoten war auf eine fast obszöne Weise reizvoller als jede gedruckte Zahl auf einem Kontoauszug.

Die Hallwegerin betrachtete das Geld. Dann bedachte sie Benno mit einem hilflosen Blick, und dann sah sie wieder das Geld im Koffer an.

»Schlawiner, verfluchter!« knurrte sie.

Anton Rambold lächelte und nickte zufrieden. Er wußte, was die nur scheinbar unfreundliche Titulierung bedeutete.

Die Hallwegerin hatte soeben zugestimmt.

»Gehen wir in die Stube«, sagte sie, und es hörte sich matt an, als ob sie weiche Knie bekommen hätte.

»Moment!« stoppte Anton sie. »Zuerst verrätst du uns, wem ich den Aufpreis zu verdanken habe.«

»Das weiß ich nicht«, antwortete sie. »Eine Frau hat mich angerufen und gesagt, ich soll um Himmels willen nicht verkaufen – weil alles bald baureif wird.«

Benno war überrascht. Welche Frau sollte einen Grund gehabt haben, die Hallwegerin auf diese Weise zu warnen.

»Hat die was gegen den Wendl gehabt?« fragte er daher.

Die Bäuerin sah ihn an, hob die Schultern.

»Was weiß ich! Sie hat aufgelegt, bevor ich sie nach ihrem Namen fragen konnte. Zum Glück hatte ich noch keinen Vorvertrag unterschrieben.«

Benno nickte.

»Bleiben wir bei der Anruferin. Hat sie Dialekt gesprochen?«

Die Hallwegerin überlegte.

»Nein, eher hochdeutsch«, sagte sie dann.

»Und die Stimme?« fragte Anton Rambold. »Jung oder alt?«

»Mei, so zwischendrin.«

»Waren im Hintergrund irgendwelche Geräusche?« fragte Benno. »Verkehrslärm, Kirchenglocken, Rasenmäher, Kindergeschrei?«

»Musik habe ich gehört. So ganz moderne – furchtbar laut.«

Benno notierte es in seinem Gedächtnis.

»Was haben Sie dann nach dem Anruf gemacht?« fragte er.

Sie sah ihn an wie jemanden, der eine völlig überflüssige Frage gestellt hatte.

»Na, den Notar Wohlschlager angerufen und den Termin abgesagt«, antwortete sie. »Das war gestern nachmittag, so gegen halb vier.« Sie wandte sich an den Bauunternehmer. »Setzen wir was auf?«

Anton Rambold brummte zustimmend.

»Einen Vertrag habe ich dabei. Und weil du so unverschämt warst, gibst du mir ein Spanferkel als Bonus. Ich kriege nämlich am Samstag Gäste, und nach dem heutigen Handel kann ich denen nur noch trockenes Brot vorsetzen.«

Die Hallwegerin sah den Hauptkommissar an.

»Daß immer die größten Halunken das meiste Geld haben!«

Benno grinste.

»Deshalb sind sie ja die größten Halunken.«

Die Abenddämmerung hatte bereits eingesetzt, als Benno endlich Feierabend machen konnte. Auf der Fahrt vom Polizeirevier nach Hause ging ihm schon wieder das Thema Eheanbahnung durch den Kopf.

Für einen Mann wie den Anton war das ganz eindeutig überhaupt kein Problem. Bei dem war's das genaue Gegenteil. Der mußte sich seiner Haut erwehren, damit die Frauen, die es auf ihn abgesehen hatten, gar nicht erst zum Anbahnen kamen.

Wobei in Antons Fall wohl eher sein Geld das Motiv der holden Weiblichkeit war.

Der verstorbene Raimund Wendl dagegen hatte wohl eher seine persönlichen Qualitäten ins Feld geführt.

Ein erschreckender Gedanke kam Benno.

Ob er auch mit der Brigitte ...?

Nein, ausgeschlossen.

Oder zumindest undenkbar.

Sie hatte nicht den Eindruck gemacht, als hätte sie ein Verhältnis mit ihrem Chef gehabt. Andererseits hatte er sie am Samstag mit zu der Party bei Anton Rambold nehmen wollen. Nun, dafür konnten aber rein berufliche Gründe den Ausschlag gegeben haben.

Als die Pension in Sicht kam, fühlte sich Benno zu einem tiefen Seufzer veranlaßt.

Die Mama stand auf dem Balkon und war die Ungeduld in Person. Sie beugte sich vor und winkte aufgeregt, als sie den BMW ihres Sohnes erblickte.

Eines Tages würde sie noch über das Geländer stürzen, wenn sie nicht aufpaßte. Zuzutrauen war es ihr. Wenn sie so richtig aufgeregt war, vergaß sie meist alles um sich herum. Bestimmt hatte sie wieder irgendwelche Neuigkeiten, die sie für bedeutend hielt. Zugutehalten mußte er ihr aber immerhin, daß sie ihn damit nicht im Büro behelligt hatte.

Er parkte den Wagen, stieg aus und ging gemächlich auf das Haus zu.

»Wo bleibst du denn so lange!« rief die Mama vorwurfsvoll vom Balkon. »Ich warte schon seit einer Stunde auf dich!«

»Was ist passiert?« entgegnete er auf dem Weg zum Hauseingang.

»Sie hat schon angerufen!« rief sie aufgeregt

Er blieb stehen und blickte verständnislos zu ihr hinauf.

»Sie? Wer ist ›sie‹?«

»Ja, wieviel Freundinnen hast du denn momentan?« entgegnete Resi kopfschüttelnd.

»Gar keine.«

Sie runzelte die Stirn.

»Jetzt komm rein!« verlangte sie energisch und eilte in die Wohnung.

Benno betrat das Haus mit einem tiefen Seufzer.

Ohne sonderliche Hast stapfte er die Treppe hinauf.

Oben wartete seine Mutter auf ihn, und der freudigerregte Bericht sprudelte nur so aus ihr heraus.

»Das ist die erste, die anscheinend begriffen hat, wie sie dich behandeln muß. Die macht nicht lange herum, die ergreift selbst die Initiative!«

Er erreichte den ersten Stock.

»Von wem redest du überhaupt?« fragte er brummig. »Hat die keinen Namen?« Widerstrebend blieb er vor seiner Mutter stehen, denn sie machte keine Anstalten, ihn durchzulassen.

Resi lachte voller Glück.

»Den Namen weißt du besser als ich! Neuhierl – Brigitte Neuhierl!«

Benno hielt einen Themenwechsel für dringend angebracht.

»Ist das Essen fertig?« fragte er daher.

Resi überhörte seine Frage.

»Ich war so frei und habe sie gefragt, was sie von Beruf ist«, berichtete sie begeistert. »Eine Sekretärin ist direkt ideal für uns! Du, die kann mir später die ganze Buchführung abnehmen und …«

Benno unterbrach sie beinahe grob.

»Mama, ich habe ihr aus rein dienstlichen Gründen meine Visitenkarte gegeben.«

»Aus rein …?« wiederholte sie ungläubig. Dann rief sie voller Überzeugung: »So ein Schmarrn!«

Benno verlor die Lust an dem Theater.

»Jetzt sag mir, was sie wollte«, verlangte er.

»Na, ein bißchen unterhalten wollte sie sich. Und – du sollst zurückrufen. Es täte aber nicht pressieren. Ich habe alles notiert: Privatnummer, Adresse …« Die Augen der Mama begannen zu leuchten. »Nur weiß ich was viel Besseres. Du fährst gleich zu ihr hin. Sag, daß du zufällig in der Nähe warst.« Sie griff hinter sich. Auf der Kommode hatte sie eine Flasche Rotwein bereitgestellt. Sie drückte sie ihrem Buben in die Hand. »Da! Den bringst du ihr mit.«

»Spinnst du jetzt ganz!« protestierte Benno. »Ich rufe sie nach dem Essen an, und damit hat sich's.«

Resi schüttelte lächelnd, aber bestimmt den Kopf.

»Nein, kommt nicht in Frage. Ich kenne dich. Am Telefon druckst du wieder so rum, und es kommt nichts dabei heraus. Andere würden sich alle zehn Finger nach so einem Madel lecken. Diese sympathische Stimme!« Ihr Blick heftete sich auf sein Jackett. »Mein Gott, wie du wieder ausschaust!«

Sie zog an seinem Sakko, um wenigstens die gröbsten Falten zu glätten.

»Soll ich mich vielleicht extra umziehen?« maulte er.

Sie ignorierte die Frage.

»Und dann noch eine Sekretärin!« begeisterte sie sich erneut. »Die kann doch jeder brauchen, bei dem Papierkrieg, den man heutzutage führen muß!« Sie zupfte noch einmal an seinen Revers, trat einen Schritt zurück und betrachtete ihr Werk. »So, jetzt fährst du zu ihr und fertig. Von mir aus kannst du sie gleich mitbringen. Dann essen wir miteinander. Wäre das nichts?« Ihr fiel etwas ein. »Oh, fast hätte ich's vergessen.« Rasch zog sie den Notizzettel mit Brigitte Neuhierls Adresse und Telefonnummer aus der Schürzentasche und steckte ihn in Bennos Reverstasche.

Er ließ die Schultern hängen.

»Ich geb's auf«, murmelte er dumpf und resignierend. Ohne es mit einem weiteren Widerwort zu versuchen, drehte er sich um und flüchtete die Treppe hinunter.

»Benno!« rief seine Mutter ihm nach. »Und sei Kavalier!«

Indem er sich halb umdrehte, fragte er verschmitzt: »Was macht so einer überhaupt?«

»Überlaß alles ihr!« rief Resi. »Die weiß schon, wie es geht!«

Benno war froh, das Haus verlassen zu können. Draußen atmete er tief durch, gönnte sich aber keine Verschnaufpause. Er wußte nur zu gut, daß die Mama jederzeit noch auf dem Balkon erscheinen konnte, um ihm weitere Ratschläge mit auf den Weg zu geben.

Die Pensionsgäste würden sich kugeln, wenn sie es mitbekämen.

Eilends wuchtete er sich in den Fahrersitz, legte die

Weinflasche auf den Beifahrersitz und zog die Tür zu. Geschafft! In aller Ruhe fuhr er los. Um das Abendessen im trauten Heim gebracht, mußte er nun erst einmal überlegen, was er mit den überschüssigen Stunden anfing.

In ein Gasthaus?

Zum Italiener?

Zum Griechen?

Während er durch die sich leerenden Straßen gondelte, überlegte er, welche Alternativen er sonst noch hatte. Er konnte sich mit einem Imbiß begnügen und dann ins Büro zurückkehren, um Akten aufzuarbeiten. Von dort aus konnte er dann auch die Brigitte anrufen. Und nach Hause fahren, wenn die Mama zu Bett gegangen war. Allerdings bestand die Gefahr, daß sie in dieser Nacht kein Auge zubekam.

Hm – in dem Fall durfte er sich überhaupt nicht nach Hause trauen.

Nicht, daß er den Zorn der Mama fürchtete.

Wenn es sich nur um Zorn handeln würde, wäre er gar nicht erst weggefahren. Nein, es war ihre Fähigkeit, sich in etwas so sehr zu verbeißen und nicht locker zu lassen, daß er an den Rand eines Nervenzusammenbruchs geriet. Und das wollte bei ihm schon etwas heißen, wo er doch Nerven wie Drahtseile hatte.

Wenn er nach Hause zurückkehrte, ohne bei Brigitte gewesen zu sein, würde er ebenfalls kein Auge zubekommen. Denn die Mama würde ihn wachhalten und mit Fragen über Fragen nerven.

Es gab nur einen Weg, das alles zu vermeiden.

Er mußte hinfahren.

Zu Brigitte.

Schicksalsergeben zog er den Zettel aus der Reverstasche und las ihn im Schein einer vorbeigleitenden Straßenlampe.

Die Straße war leicht zu finden. Brigitte wohnte in einem zweigeschossigen Mehrfamilienhaus.

Benno stellte den BMW schräg gegenüber ab, nahm die Weinflasche mit und überquerte die Straße. Die Haustür war unverschlossen. Benno öffnete sie, trat ein und prallte im Flur fast mit einem Mann zusammen, der gerade die Treppe heruntergekommen war.

Vitus Sagstetter.

»Ah, Herr Berghammer!« rief der Immobilienmakler überrascht. »Noch im Dienst?«

»Äh – sozusagen, Herr Sagstetter.« Benno suchte nach Worten. Die Weinflasche in seinem Arm begann, Zentner zu wiegen.

Ein spöttisches Lächeln kerbte sich in Sagstetters Mundwinkel.

»Wollen Sie zu der Brigitte? Die ist zu Hause. Zweiter Stock. Ich habe übrigens Ihren Rat befolgt und sie gefragt, ob sie an ihrer alten Stellung interessiert ist.«

»Und wie hat Fräulein Neuhierl reagiert?«

»Sie überlegt sich's. Mein alter Partner hat ihr allerdings Rosinen in den Kopf gesetzt.« Sagstetter zeigte auf die Weinflasche. »Ihre Geheimwaffe?«

Benno ging nicht darauf ein.

»Herr Sagstetter«, entgegnete er statt dessen. »Bitte fassen Sie es nicht falsch auf, wenn ich Sie auch etwas frage. Ich hätte Sie das schon fragen sollen, als ich bei Ihnen im Büro war. Also: Wo waren Sie gestern nachmittag gegen sechzehn Uhr dreißig? Leider gehört das zu meinem Job.«

Sagstetter antwortete mit gleichgültigem Blick.

»Gestern?« Nach kurzem Überlegen antwortete er: »Da habe ich einer Kundin eine Doppelhaushälfte in Kirchbichl gezeigt, die ich im Angebot habe. Das heißt, um halb fünf war ich gerade auf dem Rückweg zu meinem Laden. Wollen Sie den Namen der Kundin wissen?«

Benno schüttelte den Kopf.

»Nein, ich glaube Ihnen schon.« Er bedankte sich mit einem Nicken. »Und jetzt möchte ich Sie nicht länger aufhalten.«

»Ich Sie ebensowenig«, erwiderte Sagstetter. »Auf Wiedersehen.«

Benno erreichte den Treppenabsatz des ersten Stocks. Er verharrte neben dem Fenster, so daß man ihn von draußen nicht sehen konnte.

Wie erwartet, sah er Vitus Sagstetter bei seinem Auto stehen, einem Geländewagen. Und wie erwartet blickte der Herr Immobilienmakler noch einmal nach oben – zum zweiten Stock. Eindeutig. Wie es schien, blickte Sagstetter sogar sehnsüchtig. Benno befürchtete, daß er winken würde. Doch er tat es nicht, stieg vielmehr in seinen schweren Wagen und fuhr davon.

Benno setzte seinen Weg fort. Er las die Namensschilder der beiden Wohnungen, und eines war tatsächlich mit »Neuhierl« beschriftet. Er drückte den Klingelknopf und befürchtete, Brigitte würde vermuten, der Herr Sagstetter sei zurückgekehrt.

Als sie öffnete, war sie denn auch sichtlich überrascht, einen anderen zu sehen. Oder war sie nur überrascht, ihn, Benno Berghammer, zu sehen?

»Ja, Herr Berghammer!« rief sie denn auch.

Sie sah entzückend aus in ihrem Rock und der adretten weißen Bluse.

»Guten Abend, Fräulein Neuhierl«, sagte Benno artig. »Ich war zufällig in der Nähe. Und nachdem ich erfahren habe, daß Sie bei mir angerufen haben – störe ich?«

»Aber nein«, antwortete sie sanft. »Kommen Sie doch herein. Sie hätten sich wirklich nicht extra herbemühen müssen.«

Er folgte ihrer Aufforderung, einzutreten, was letztlich positiv war. Daß er sich nicht hätte herbemühen müssen, ließ allerdings vermuten, daß es nicht so ablaufen würde, wie die Mama es sich vorstellte.

Brigitte schloß die Wohnungstür hinter ihm.

Er sah sich um und stellte fest, daß es eine kleine und einfache Wohnung war. Doch bei den Möbeln hatte Brigitte Geschmack bewiesen, und entsprechend gemütlich wirkte die Einrichtung.

Der Eßtisch im Wohnzimmer war für eine Person gedeckt. Das Abendessen stand bereits auf dem Tisch – eine große Schüssel mit Nudelsalat. Wurststückchen und Käsestreifen waren darin reichlich vorhanden.

Benno lief das Wasser im Mund zusammen.

»Sie wollten gerade mit dem Essen anfangen«, sagte er verlegen.

Brigitte lächelte.

»Der Nudelsalat wird nicht kalt. Leisten Sie mir Gesellschaft? Ich habe sowieso zuviel gemacht. Und Sie …« Sie zeigte auf die Weinflasche. »…haben schon etwas zu trinken mitgebracht.«

»Äh – ich …«, stotterte er. »Zufällig war ich …«

Sie wandte sich schmunzelnd ab und holte ein zweites Gedeck und zwei Weingläser aus der Kochnische.«

Benno stellte die Flasche auf den Tisch.

»Warum haben Sie den Herrn Sagstetter nicht eingeladen? Ich bin ihm unten begegnet.«

»Ach, der Vitus …«, sagte Brigitte verträumt.

»Kennen Sie ihn schon lange?«

»Praktisch seit der Schulzeit«, antwortete sie. »Später sind wir noch zusammen im Trachtenverein gewesen.«

»Außerdem …«, nickte Benno, »waren Sie seine Sekretärin. Und Sie könnten's wieder werden.«

Sie schüttelte den Kopf.

»Beim Vitus habe ich keine Zukunft. Jede Wette, der ist in zwanzig Jahren immer noch in seinem mickrigen Laden und schaut die Zeitungsannoncen im Immobilienteil durch.«

Benno zog die Augenbrauen zusammen.

»Deswegen haben Sie sich lieber an den Herrn Wendl gehalten?«

»Ja«, antwortete Brigitte. »Bei dem hat man das Gefühl gehabt, der schafft es.« Sie drückte Benno einen Korkenzieher in die Hand.

»Aber Sie haben sich geirrt«, sagte er.

»Inwiefern?«

»Er hat es *nicht* geschafft«, erwiderte Benno und schraubte den Korkenzieher in den Flaschenhals. »Der Sagstetter lebt wenigstens noch – bescheiden, aber er lebt.«

Brigitte musterte ihn forschend.

»Was wollen Sie damit sagen?«

Benno zwinkerte ihr zu.

»Daß der Schein manchmal trügt, Fräulein Neuhierl.«

Ihr Blick ließ ihn spüren, daß sie verstand, was er meinte – daß sie wußte, welche Vielfalt von Möglichkeiten der Interpretation das Leben manchmal offenließ.

Mühelos zog er den Korken aus der Flasche, und sie lachten über das »Plopp«, das dabei entstand. Sie setzten sich, und während Benno einen Schluck von dem Rotwein in sein Glas schenkte und probierte, füllte Brigitte Nudelsalat auf die Teller.

Benno glaubte sich zu erinnern, daß ein Kavalier zwangsläufig auch ein Weinkenner sein mußte. Also ließ er sich den roten Saft fachmännisch auf der Zunge zergehen und machte dabei große, bedeutungsvolle Augen.

Dann studierte er das Etikett, um zu sehen, was die Mama ihm da mit auf den Weg gegeben hatte.

»Vino Nobile di Montepulciano«, las er vor und lächelte. »Hört sich gut an und schmeckt auch so.«

»Aus der Toscana«, erwiderte Brigitte. »Haben Sie den aus dem Urlaub mitgebracht?«

»Ah, nein«, antwortete er, lachte und schenkte ein. Da die Mama auch noch nie in der Toscana gewesen war, mußte sie den guten Tropfen im Supermarkt gekauft haben. Also behauptete er: »Stand zu Hause im Schrank.« Er stellte die Flasche auf den Tisch, so daß Brigitte das Etikett lesen konnte. »Erfreulich, wenn man einen guten Griff tut, nicht wahr?«

»Sie haben eine bildhafte Sprache, Herr Berghammer«, lobte ihn Brigitte. »Dann guten Appetit! Ich hoffe, das karge Mahl kann auch nur annähernd mit dem edlen Tropfen mithalten.«

»Ein Test wird es an den Tag bringen«, erklärte

Benno und probierte. Nachdem er ebenso fachmännisch mit den Augen gerollt hatte wie beim Wein, stellte er fest: »Hervorragend! Die Zutaten reichlich und würzig, die Nudeln al dente – insgesamt eine überaus köstliche Angelegenheit.«

»Danke«, erwiderte Brigitte gerührt. »Dann steht einem Gelingen des Abends ja nichts mehr im Wege.«

Zum Essen ließen sie sich auch den Wein schmecken, und Benno stellte fest, daß die Zeit wie im Flug verging. Sie plauderten und scherzten, und nicht eine Sekunde lang kam auch nur ein Hauch von Verlegenheit auf. Benno hatte so eine perfekte Harmonie selten erlebt, und zwangsläufig drängte sich ihm der Gedanke auf, daß sie ein ideales Paar abgeben würden.

Sofort rief er sich innerlich zur Ordnung. *Keine Unverfrorenheiten, mein lieber Berghammer, dafür ist es einfach noch zu früh!*

Andererseits war er seiner Mama nun doch dankbar, daß sie ihm den entscheidenden Anstoß gegeben hatte. Es mußte wohl doch was dran sein an ihrer Behauptung, daß sie ihren Buben besser kannte als jeder andere.

Als Benno seinen Teller geleert hatte, griff Brigitte zu dem großen Löffel, der in der Schüssel steckte.

»Darf ich?« bot sie ihrem Gast einen Nachschlag an. »Es ist genug da.«

Benno wehrte freundlich ab.

»Nein, danke schön, Fräulein Neuhierl. Es war wunderbar, aber jetzt wird's Zeit für mich, daß ich …«

»Ohne mich zu fragen, warum ich Sie eigentlich angerufen habe?« Brigitte lehnte sich zurück, und ein ironisches Lächeln umspielte ihre Mundwinkel.

Benno schlug sich mit der flachen Hand an die Stirn.

»Ja, das hätte ich jetzt direkt vergessen!« gab er zu. Gleichzeitig sah er sie fragend an.

Einen Moment lang wirkte Brigitte verlegen, doch dann gab sie sich einen Ruck und fragte rundheraus: »Ich hoffe, Sie finden es nicht aufdringlich – aber würden Sie mich auf die Party vom Herrn Rambold mitnehmen? Sie haben erwähnt, daß Sie hingehen, und da dachte ich ...«

»Aber gern!« rief Benno begeistert. »Das ist überhaupt *die* Idee! Wenn Ihnen was daran liegt ...«

»Sehr viel sogar«, bestätigte Brigitte. »Die Firma ›Alpenland‹ wird jetzt bestimmt aufgelöst, also brauche ich eine neue Stellung. Und auf der Party sind so viele wichtige Leute ...« Sie führte den Satz nicht zu Ende, sagte statt dessen: »Ich wäre Ihnen wirklich sehr dankbar, Herr Berghammer.«

Er dachte daran, daß eigentlich er der Dankbare sein mußte. Da fiel ihm ein, daß es noch einen anderen wichtigen Punkt gab.

»Eigentlich können S' ruhig Benno zu mir sagen.« Er staunte, wie leicht es ihm fiel, damit herauszukommen.

Brigitte antwortete ihm mit ihrem schönsten Lächeln.

»Nur, wenn Sie mich auch mit meinem Vornamen anreden.«

Er nickte.

»Einverstanden, Brigitte. Aso dann – bis zum Samstag.«

Er stand auf, und sie folgte seinem Beispiel.

»Ich bringe dich zur Tür«, sagte sie leise.

Die Vorbereitung des Abendessens erledigte sich wie von selbst. Resi Berghammer war in der Küche am Werk – und in Gedanken weit entfernt. Die Bilder, die sie vor ihrem geistigen Auge sah, wechselten von Sonnenschein und Kirchenglocken zu Brautkleidern und Blumenmädchen, zu Benno im festlichen Trachtenanzug, mit einer Rose im Knopfloch. Und dann die Wiege, das Baby, zum Herzerweichen süß – in der Trachten-Strampelhose … Unvermittelt hörte sie die Haustür.

Überrascht hielt sie inne. Horchte.

»Na, das gibt's doch nicht, daß der schon wieder da ist«, murmelte sie zu sich selbst. »Oder bringt er sie mit?« Ihre Gesichtszüge entspannten sich zu einem Lächeln. »Dann wäre ja ein Wunder geschehen.« Laut rief sie: »Benno?«

»Hallo!« antwortete eine Männerstimme.

Aber nicht Bennos Stimme.

Resi verließ die Küche, eilte zur Treppe.

Der Mann, der gerade heraufkam, war ein Fremder. Sehr elegant gekleidet allerdings, mit einem dunkelblauen Anzug in dezentem Trachtenlook. Er war von sportlicher Statur, trug das mittelblonde Haar kurzgeschnitten. In der linken Hand hielt er eine dieser Einkaufstüten aus braunem Packpapier, wie man sie in den Läden kaufen konnte, wenn man umweltfreundlich sein wollte.

»Frau Berghammer!« rief er strahlend. »Wie lange ist das jetzt her? Kennen Sie mich nicht mehr?«

Resi trat zurück, um ihn heraufzulassen.

»Äh …« Sie überlegte. »Helfen Sie mir ein bisserl.«

Er lachte, blieb vor ihr stehen. Sein Rasierwasser hatte einen teuren Duft.

»Der verhungerte, zaundünne Kerl, der so oft zum Benno gekommen ist, damit er die Lateinaufgaben abschreiben konnte. *De Bello Gallico.* Mei, hab' ich den Cäsar verflucht – und jetzt bin ich selbst ein kleiner. Bloß halte ich mich lieber im Hintergrund. Den Cäsar haben sie ja hinterrücks erstochen – wie den Wendl.« Er wartete, und als sich im Gesicht der Frau noch immer kein Erkennen widerspiegelte, rief er: »Der Rambold Toni!«

Resi schlug die Hände zusammen; sie hätte nicht stärker beeindruckt sein können.

»Herr Rambold!« Es klang geradezu schwärmerisch.

»Für Sie der Toni«, sagte er gönnerhaft. »Ist der Benno da?«

Resi überlegte, ob sie verraten sollte, wo der Benno sich wirklich aufhielt. Sie entschied sich dagegen. Seine Privatangelegenheiten gingen die Leut' ebensowenig etwas an wie seine beruflichen Ermittlungen.

»Der ist – unterwegs«, sagte sie daher. »Und ich weiß nicht, wann er zurückkommt.«

Rambold lächelte verständnisvoll.

»Dann geben Sie ihm dies.« Er hielt ihr die Tragetasche hin. »Ein kleines Äquivalent dafür, daß er mich beim Handeln unterstützt hat.« Als Resi noch zögerte, drückte er ihr die Papiertasche in die Hand. »Und wenn er Lust hat, soll er am Samstag auf meine Party kommen. Die Frau Lorenz kann er ruhig auch mitbringen.«

»Sie, Herr Rambold«, entgegnete Resi mit unverhohlenem Stolz. »Er hat jetzt eine Freundin, die …«

»…hiermit auch eingeladen ist«, vollendete er ihren Satz. Er zeigte auf die Papiertüte. »Passen Sie mir gut auf die Tasche auf!«

Resi hielt die Einkaufstüte von sich weg wie einen Fremdkörper, von dem sie nicht wußte, was es war und wie sie ihn einschätzen sollte. Instinktiv spürte sie, daß es nichts Gutes sein konnte, denn sie wußte, daß Benno ihren Besucher bereits des öfteren verdächtigt hatte. Für Benno war Anton Rambold das, was er einen »Amigo« nannte.

Für Resi war der Rambold Toni einer, der in den höchsten gesellschaftlichen Kreisen verkehrte. Einer, der mit dem Herrn Landrat befreundet war und dem man folglich mit großem Respekt zu begegnen hatte.

Andererseits respektierte Resi die Grundsätze ihres Sohnes. Niemals, unter keinen Umständen, würde er sich schmieren lassen. Nicht mal eine Flasche Wein akzeptierte er als Geschenk. Das wußte sie nur zu gut, und deshalb war sie unsicher wegen der Einkaufstüte.

Rambold bemerkte es.

»Sie tun ja gerade so, als ob eine Bombe drin wäre!« rief er dröhnend. »Schauen Sie doch einfach mal rein.«

Resi folgte seiner Aufforderung und riskierte einen Blick. Ihr stockte der Atem.

»Jesus, Maria und Josef!« hauchte sie.

»Nicht wahr?« lachte Rambold. »Es ist doch immer wieder ein schöner Anblick. Und das …« Er wies auf die Tüte. »…hat sich der Benno ehrlich verdient.«

Resi stand noch minutenlang fassungslos da, als Anton Rambold sich schon verabschiedet und das Haus verlassen hatte.

…ehrlich verdient …

Die Worte des Bauunternehmers hallten in ihrer Erinnerung nach.

Hatte Benno dem Rambold Toni vielleicht doch

einen Gefallen getan? Wenn sie sich recht erinnerte, fand der Benno den Toni nicht gar so unsympathisch. Von all den Amigos war er vielleicht noch der angenehmste, hatte er mal gesagt. Und bestimmt war der Toni auch nicht so dumm, daß er versuchte, ausgerechnet Benno Berghammer zu bestechen – den schärfsten Hund der Kripo Tölz.

So hatte ihn die Zeitung einmal genannt.

Resi war selten so stolz gewesen.

In Gedanken versunken wandte sie sich ab, kehrte in die Küche zurück. Einen Moment stand sie dort, dann ging sie ins Wohnzimmer.

Es mußte wohl doch alles mit rechten Dingen zugegangen sein. Sie war sich darüber im klaren, daß sie sich im Augenblick nichts sehnlicher wünschte als eben dies: Es möge alles seine Richtigkeit haben.

Mit klopfendem Herzen leerte sie den Inhalt der Papiertüte auf den Wohnzimmertisch.

Die Banknotenbündel purzelten durcheinander.

Der Anblick beschleunigte Resis Herzschlag noch mehr. Sie zwang sich zur Ruhe, setzte sich, sortierte. Dann sprang sie auf, holte einen Notizblock und einen Kugelschreiber und zählte das erste Bündel durch. Es waren gebrauchte Scheine, und die Banderolen bestanden aus einfachem Schreibmaschinenpapier, ohne jeden Aufdruck. Von der Bank hatte der Rambold Toni dieses Geld also nicht geholt.

Resi notierte die Summen der einzelnen Bündel und schrieb sie untereinander. Dann addierte sie.

Ihre Augen wurden groß, ungläubig starrte sie auf das Papier. Sie mußte einen Fehler gemacht haben.

Eilends überprüfte sie alles noch einmal, addierte ein zweites Mal.

Und tatsächlich.

Fünfundzwanzigtausend Mark!

Sie flüsterte die Zahl andächtig in die Stille des Wohnzimmers.

»Fünfundzwanzigtausend!«

Ihr blieb keine Zeit, sich diese enorme Summe zu vergegenwärtigen.

Denn von unten war erneut die Haustür zu hören.

Eilends raffte Resi das Geld zusammen und stopfte es in die Tragetasche. Wie gehetzt sah sie sich nach einem Versteck um. Denn schon hörte sie Bennos Schritte auf der Treppe. Gerade noch rechtzeitig gelang es ihr, das Geld auf den Schrank zu schieben.

Da betrat ihr Bub auch schon das Wohnzimmer.

Resi tat, als richtete sie den Tisch für das Abendessen.

»Bist aber lange ausgewesen«, sagte sie so beiläufig wie möglich und drehte sich um.

»War doch ganz in deinem Sinne, oder?« Er setzte sein Bubenlächeln auf, als er vor ihr stehenblieb – gerade so, als hätte er wieder einmal etwas ausgeheckt.

Wißbegierig sah sie ihn an.

»Wie ist es gegangen?« bedrängte sie ihn. »Hast du sie eingeladen?«

»Sie hat sich praktisch selbst eingeladen«, brummte Benno und feixte.

Resi nickte beeindruckt.

»Das ist die Richtige für dich!« stellte sie begeistert fest. »Die verliert keine unnötige Zeit!«

»Mama!« entgegnete Benno genervt. »Hast du kein anderes Thema mehr?«

»Doch«, erwiderte sie mit geheimnisumwitterter Miene, um dann voller Freude ihren Wissensvorsprung kundzutun. »Dein Schulfreund war da – der Rambold. Der hat dich auch eingeladen – auf seine Party am Samstag. Mit Begleitung!«

»Dann paßt's ja«, erwiderte er knapp und wollte sich abwenden. Doch er sah, daß seiner Mama noch etwas unter den Nägeln brannte. Sie konnte ihm nichts vormachen. Erstens spürte er, daß da noch etwas in der Luft lag. Und außerdem kannte er *sie* ungefähr so gut, wie sie *ihn* kannte. »Ist noch was?« fragte er mißtrauisch.

»Nein, nichts«, antwortete Resi und machte eine betont wegwerfende Handbewegung. »Ein kleines Geschenk hat er für dich dagelassen. Nichts weiter.«

Benno witterte Verdruß.

»Das du hoffentlich nicht angenommen hast!« sagte er drohend.

Sie zuckte die Achseln, preßte die Lippen zusammen – verstockt wie ein Schulmädchen, das der Lehrer beim Abschreiben erwischt hat.

»Mama!« rief Benno schneidend. »Der Toni gehört zusammen mit dem Landrat Wallner zu den Hauptverdächtigen im Mordfall Wendl!«

Sie beschloß, aufzutrumpfen.

»So ein Schmarrn! Ein Mörder lädt dich doch nicht zu seiner Party ein. Daß du immer vollkommen Unschuldige verdächtigen mußt!«

Er ging nicht darauf ein.

»Jetzt gib mir dieses angebliche Geschenk«, verlangte er energisch. »Damit ich es zurückbringen kann.«

Entsetzt wich Resi einen Schritt von ihm zurück.

»Nein!« erklärte sie entschlossen, winkelte die Arme an und ballte die Hände zu Fäusten. »Stell dir vor, du heiratest bald – dann kannst du die fünfundzwanzigtausend Mark gut gebrauchen!«

Benno glaubte, seinen Ohren nicht zu trauen. Fassungslos starrte er seine Mutter an.

»Fünfund …?«

Sie unterbrach ihn, rechtfertigte sich trotzig.

»Außerdem hat er gesagt, du hättest dir das Geld ehrlich verdient – weil du ihn bei einem Geschäft vorbildlich unterstützt hast.«

»Unterstützt?« Er stemmte die Fäuste in die Hüften, schob den Kopf vor und fixierte die Mama strafend. »Ich habe mich gar nicht eingemischt!«

Resi nickte, als hätte sie genau das erwartet.

»Anscheinend hat ihm gerade das so gefallen!«

Benno sah sich suchend im Wohnzimmer um, und dann mußte er grinsen. Die Mama hatte offenbar gedacht, daß er die Papiertüte auf dem Schrank nicht entdecken würde. Sie hatte nicht bedacht, daß er größer war als sie und ihm die Tüte da oben deshalb gar nicht verborgen bleiben konnte. Er drehte sich um, trat auf den Schrank zu und wollte die Tüte herunterholen.

Seine Mutter erschrak. Eilends stellte sie sich ihm in den Weg. Und sie flehte ihn regelrecht an.

»Benno, überleg doch mal! Wie lange brauchen wir, bis wir fünfundzwanzigtausend Mark gespart haben!«

»Überleg du lieber«, entgegnete er schneidend. »Das ist garantiert Schwarzgeld.«

Sie warf die Hände empor.

»Mir ist es wurscht, ob das schwarz oder weiß oder grün ist. Mich interessiert nur, ob es echt ist!«

Benno grinste.

»Freilich ist es echt. Wer schmiert denn schon einen Polizisten mit Falschgeld?« Ohne Mühe langte er über seine Mama hinweg, nahm die Tragetasche vom Schrank und lugte hinein. »Und genau das ist der Punkt: Wer *einmal* bestechlich ist, der bleibt es sein ganzes Leben lang.«

Resi schüttelte erbittert den Kopf.

»Das verzeihe ich dir nie! Kein Mensch bringt soviel Geld zurück, das gar keiner mehr haben will. Ich geh' jetzt ins Bett. Mir reicht's für heute. Und wenn du heiratest, jammere mir ja nicht vor, was das kostet!«

Abrupt drehte sie sich um. Mit zornigen Schritten steuerte sie auf die Schlafzimmertür zu und stieß sie auf.

Benno rief ihr hinterher.

»Ich heirate sowieso nicht! Den Spaß kann sich nicht mal der Rambold Toni leisten – und der ist zigfacher Multimillionär!«

Seine Mutter antwortete nicht. Das einzige, was sie an diesem Abend noch von sich hören ließ, war der Knall der Schlafzimmertür, als sie sie zuwarf.

Benno legte die Papiertüte auf den Tisch, setzte sich davor und betrachtete kopfschüttelnd ihren Inhalt.

Er fragte sich, woher ein Mann die Selbstverständlichkeit nahm, mit Koffern und Tüten voller Geld durch die Gegend zu spazieren und hemmungslos zu kaufen, was er haben wollte.

Ob dem Rambold Toni jemals der Gedanke gekommen war, daß es Dinge gab, die man *nicht* kaufen konnte?

Und, daß es Menschen gab, die unbestechlich waren?

Nein.

Der Bauunternehmer Anton Rambold hatte ausschließlich das Gegenteil erfahren. Und die, die es ihm beigebracht hatten, lebten in der gleichen Überzeugung wie er. Korruption, Begünstigung, Vetternwirtschaft – wie man es auch nennen wollte, es funktionierte immer und überall. Anton Rambold war der personifizierte Beweis dafür.

Und Brigitte Neuhierl?

Benno lehnte sich zurück und ließ seinen Gedanken freien Lauf. Er mochte sie sehr, und sicherlich fand sie auch ihn ein bißchen sympathisch. Aber würde jemals mehr daraus werden? Besaß er die Eigenschaften, die für eine Frau wie Brigitte letztlich ausschlaggebend waren.

Sie hatte auf Raimund Wendl als Chef gesetzt, weil sie gehofft hatte, daß er ihr das bieten würde, was sie beruflich erhoffte. Und sie wollte mit auf die Party vom Toni, um »wichtige Leute« kennenzulernen, die ihr beruflich nützen könnten.

Ein Mann wie Vitus Sagstetter dagegen, der offenbar mit beiden Füßen fest auf dem Boden der geschäftlichen Tatsachen stand, war für Brigitte als Arbeitgeber nicht erstrebenswert, wie es schien.

Nun, er durfte sie deswegen sicherlich nicht verdammen. Wem wollte man es verübeln, wenn er versuchte, am Erfolg des Arbeitgebers zu partizipieren?

Benno gelangte zu der Überzeugung, daß er Brigitte

noch wesentlich besser kennenlernen mußte, wenn er sie richtig einschätzen wollte.

Tja, und zum Kennenlernen würden sie ja nun beide bald Gelegenheit haben.

7. *Kapitel*

Anstrengungen

Schon in dem Moment, als sie das Büro betrat, wußte Sabrina, daß es sie erwischen würde.

Denn sie war die erste, wieder einmal. Zehn Minuten zu früh. Um nicht zu spät zu kommen, hatte sie sich angewöhnt, alles ein bißchen vorzuverlegen: das Aufstehen, das Frühstücken, das Abfahren von zu Hause. Ergebnis war, daß sie meist vor Benno im Büro war.

Preußische Pünktlichkeit nannte er das, und sie wußte bis heute nicht, ob es ein Kompliment war, oder ob er es eher ironisch meinte.

Heute erwischte es sie voll, denn Frau Dr. Zirner war schon eine Viertelstunde früher da als sonst.

Die Staatsanwältin rief die Kommissarin in ihr Büro.

Allein ihre mißmutige Miene zeigte, daß Sabrina ihr gerade recht kam. Bei Benno Berghammer hatte Frau Dr. Zirner viel zu häufig das Gefühl, gegen eine Wand zu reden.

Gegen eine spöttische Wand.

Im stillen, das wußte die Staatsanwältin, machte sich der Berghammer Benno doch nur über sie lustig.

Indem sie sich die Kommissarin Sabrina Lorenz vorknöpfte, hatte Frau Dr. Zirner die einmalige Gelegenheit, dem Berghammer eins reinzuwürgen, ohne daß er sich rechtfertigen konnte. Frau Lorenz als Überbringerin des Anpfiffs war zudem eine Demütigung, da sie rein dienstgradmäßig seine Untergebene war.

Die Staatsanwältin wies der Kommissarin den Besucherstuhl vor ihrem Schreibtisch zu und widmete ihr einen unfreundlichen, vorwurfsvollen Blick.

»Ich nehme an, es geht um den Fall Wendl«, sagte Sabrina entwaffnend.

Frau Dr. Zirner nickte.

»Wir haben noch immer kein einleuchtendes Motiv – und von der Tatwaffe nur das Futteral.«

Sabrina schlug die Beine übereinander und faltete die Hände über dem Knie. Sie kannte die Bedeutung der Körpersprache, und sie dachte nicht daran, auch nur einen Hauch von Unbehagen zu signalisieren.

»Es gibt offenbar niemanden, der durch den Mord einen besonderen finanziellen Vorteil hätte«, sagte sie.

Frau Dr. Zirner war nicht sonderlich beeindruckt.

»Und wer die Bäuerin Hallweger davor gewarnt hat, ihren Grund und Boden vorzeitig zu verkaufen, wissen wir ebenfalls nicht? Allerdings dürfte klar sein, daß die Anruferin dem Wendl das Geschäft versalzen wollte.«

Sabrina stand auf und ging zum Fenster. Einen Moment lang schaute sie hinaus, dann drehte sie sich zu der Staatsanwältin um.

»Leider hat sie ihren Namen nicht genannt. Wie man die Sache auch dreht und wendet, es bleibt nur ein emotionales Motiv wie Eifersucht.«

»Auch dafür gibt es keinen stichhaltigen Beweis«, wandte Frau Dr. Zirner ein.

Von nebenan waren Schritte zu hören. Dann Benno Berghammers Stimme.

»Sabrina!«

Die Kommissarin lächelte.

Frau Dr. Zirner beendete die Unterredung mit einer kategorischen Anweisung.

»Sagen Sie Herrn Berghammer, daß er sich ein bißchen mehr anstrengen soll.«

»Ich werde es ausrichten«, versprach die Kommissarin, obwohl sie in diesem Fall nicht meinte, was sie sagte.

Sie kehrte in das Büro zurück, das sie mit ihrem Kollegen teilte.

Er war an der Kaffeemaschine tätig, füllte gerade seinen Becher mit dem dampfenden schwarzen Muntermacher.

»Morgen, Sabrina«, sagte er, aufgeräumt wie immer. »Was sagt die Stimme unserer Herrin?«

»Daß wir ziemlich auf der Stelle treten. Was man kaum bestreiten kann.« Sabrina begab sich hinter ihren Schreibtisch.

Benno füllte auch den Kaffeebecher seiner Kollegin.

»Weder Rom noch Bad Tölz sind an einem Tag erbaut worden«, sagte er. »Hast du am Samstag was vor?«

Sabrina musterte ihn mit einem abweisenden Blick. Äußerungen dieser Art kannte sie.

»Machen wir Überstunden?« fragte sie unwillig.

»Keine schlechte Idee«, grinste er. Dann schüttelte er den Kopf. Während er die gefüllten Kaffeebecher zu den Schreibtischen trug, erklärte er: »Der Rambold hat uns auf seine Party eingeladen, und wenn mich nicht alles täuscht, treffen wir dort dieselben Figuren, die auch bei der Trachten-Modenschau waren.«

Sabrina hob die Augenbrauen.

»Ah, du spekulierst auf einen neuen Hirschfänger-Mord?«

Sie bedankte sich für den Kaffeebecher, den Benno ihr hinstellte.

Er lachte und trug seinen Becher an den eigenen Schreibtischplatz. Nachdem er sich gesetzt hatte, räusperte er sich.

»Äh … stört es dich, wenn ich die Frau Neuhierl mitnehme? Damit unsere Anwesenheit nicht so dienstlich ausschaut. Du kannst ja von mir aus deinen Freund mitbringen.«

Sabrina starrte ihn an. Ihr Blick verfinsterte sich. Doch sie hatte sich sofort wieder in der Gewalt.

»Seit wann so großzügig?« entgegnete sie verwundert. »Ausgerechnet jetzt ist er auf Geschäftsreise.« Sie zwinkerte. »Na, vielleicht finde ich auf der Party eine Zweitbesetzung.«

»Irgendwas finden wir auf jeden Fall«, prophezeite Benno knapp. »Einen Mörder, ein Motiv, für dich einen Ersatzlover – selten war die Auswahl an Möglichkeiten so groß.«

Anton Rambold erzählte es allen, die es hören wollten; und alle, die es nicht hören wollten, kamen auch nicht darum herum: »Ich habe einen direkten Draht zu Petrus. Falls ihr das bislang noch nicht gewußt habt – heute seht ihr es!«

Sämtliche Gäste erhielten diese Information zur

Begrüßung, und eine ausladende Handbewegung des Gastgebers zum strahlend blauen Himmel hin räumte auch den letzten Rest an Zweifeln aus.

Die Beziehungen des Rambold Toni waren in der Tat so weitreichend, daß der angebliche Draht zum himmlischen Wettermacher durchaus im Bereich des Möglichen zu liegen schien.

Der Garten der Ramboldschen Villa war ein großzügiger Park mit ausgedehnten Rasenflächen, Ziersträuchern und Buschgruppen, einem Swimmingpool und einem weißen Pavillon, der eine Hügelkuppe inmitten des Parks krönte.

Am Rand der Terrasse, zwischen Haus und Pool, war eine überdachte Bühne aufgebaut worden, auf der eine Blaskapelle spielte. Die Lampions für den Abend hingen bereits, und ein großes weißes Zelt mit imitierten Sprossenfenstern war für den Fall aufgebaut worden, daß der Wettermacher es sich im Laufe der Veranstaltung anders überlegen sollte.

Die Gäste hatten sich dem festlichen Anlaß entsprechend herausgeputzt. Die meisten trugen Trachtenkleidung, viele waren in eleganter Abendkleidung gekommen. Allen gemeinsam war der gesellschaftlich hohe Rang, den sie durch die Erhabenheit ihres Auftretens symbolisierten.

Seht her, lautete der stumme Text, den jeder einzelne durch sein Imponiergehabe ausdrückte, *wir alle gehören zur höchsten Gesellschaftsschicht in diesem Landkreis, und ich bin einer von euch! Sind wir nicht alle wundervoll?*

Vor dem Zelt drehte sich ein Spanferkel über offenem Feuer, am elektrisch betriebenen Spieß. Es war das Ferkel, das Rambold der Hallwegerin als Dreingabe abgeluchst hatte. Ein paar Schritte von dem Spießbraten entfernt befand sich eine lange Theke, dahinter eine Vielzahl von Kellner und Kellnerinnen, die eifrig dabei waren, die Getränke unter die Leute zu bringen. Ein großer Teil des Personals stammte aus dem »Tölzer Hof«; auch die junge Kellnerin, die bei der Trachten-Modenschau bedient hatte, war dabei.

Unter großem Applaus begab sich Anton Rambold hinter die Theke, um vor aller Augen den wichtigsten Akt des frühen Nachmittags vorzunehmen. Andächtige Stille breitete sich aus, als er sich von dem professionellen Schankwirt mit Lederschürze, hölzernem Zapfhahn und Schlegel ausstatten ließ. Das riesige hölzerne Bierfaß stand aufgebockt bereit.

Unter den Zuschauern waren Landrat Wallner und der Notar Rudolf Wohlschlager mit ihren Frauen ebenso wie Katja Flemisch und Frau Dr. Zirner.

Rambold inszenierte den Anstich des Fasses im vollen Bewußtsein der Wirkung, die er auf seine Gäste hatte. Und sie belohnten ihn dafür, indem sie seiner Aktion eine Aufmerksamkeit widmeten, als handelte es sich um eine kulturell hochwertige Aufführung auf einer Konzert- oder einer Theaterbühne.

»Ozapft is!« brüllte Rambold, als der Gerstensaft schäumte.

Donnernder Beifall wurde laut, und es fehlte nicht viel, und die hätten ihn auf ihren Schultern umhergetragen wie einen Torschützen auf dem Fußballfeld.

Vor allem die männlichen Gäste waren es, die sich die Maßkrüge mit Bier füllen ließen. Die festlich gestimmten Damen bevorzugten Champagner und Wein.

Sabrina und Brigitte waren die reinste Augenweide. Benno hatte es schon festgestellt, als er sie abgeholt hatte, und jetzt hatten auch die Gäste der Rambold-schen Party dazu Gelegenheit, als er seinen BMW in einiger Entfernung am Rand des Villengrundstücks abstellte.

Seine Kollegin und die Sekretärin des verstorbenen Herrn Wendl sahen in ihren frischen, sommerlichen Kleidern so jung und schick aus, daß sie etliche neid-erfüllte Blicke aus der Party-Damenwelt auf sich zogen. Beim männlichen Teil der Anwesenden überwog dagegen der Trend zu Stielaugen.

Benno trug ein farbenprächtiges Hawaiihemd, womit er ein starker Kontrast zu den eher seriös und elegant gewandeten Gästen darstellte.

Er hatte den Wagen bereits abgeschlossen, als er noch einmal kehrtmachte.

»Moment! Eins darf ich ja nicht vergessen!« Er öffnete den Kofferraum und nahm die braune Papiertüte heraus. Dann klappte er die Kofferraumhaube wieder zu und schloß sich seinen beiden Begleiterinnen an.

Sabrina warf einen mißbilligenden Blick auf sein Mitbringsel.

»Findest du es passend, hier mit einer Papiertüte aufzukreuzen?«

»Sehr passend sogar.« Benno grinste. »Außerdem hat unser Gastgeber sie bei mir zu Hause liegenlassen.«

»Hast du schon nachgeschaut, was drin ist?« fragte Brigitte.

»Ja«, antwortete er trocken. »Nur farbiges Papier.«

Sie umrundeten die Villa und erreichten den Garten,

der mit Blasmusik und festlich heiterem Stimmengewirr angefüllt war.

Anton Rambold und Landrat Siegfried Wallner standen ein Stück abseits von der Theke. Die beiden Männer unterhielten sich angeregt, als die neuen Gäste erschienen.

Wallner bemerkte sie zuerst. Ärger überflog sein Gesicht. Er stieß den Bauunternehmer an.

»Was hat der denn bei uns zu suchen?« Mit einer Kopfbewegung wies Wallner auf Benno Berghammer.

Rambold blickte in die angegebene Richtung und lächelte zufrieden – ganz aufgehend in der Rolle des zuvorkommenden Gastgebers.

»Nur keine Aufregung, Sigi. Den habe ich selbst eingeladen.«

Wallner sah ihn an.

»Reicht es nicht, daß eine Staatsanwältin hier ist?«

Rambold grinste und klopfte ihm auf die Schulter.

»Haben wir denn was zu verbergen? Die öffentliche Ordnung ist unser Verbündeter. Also entspanne dich wieder.«

Damit ließ er den Landrat stehen und schlenderte auf die drei Neuankömmlinge zu.

»Ja, Benno!« rief er bewundernd. »Wie machst du das bloß? Umringt von schönen Frauen!« Er verneigte sich vor der Kommissarin und sagte höflich: »Frau Lorenz!« Dann sah er Bennos zweite Begleiterin an. »Und wer …?«

»Brigitte Neuhierl«, stellte sie sich selbst vor.

»Ah, die Sekretärin vom ...« Er sprach nicht zu Ende und hieb seinem Schulfreund die flache Hand auf die Schulter, daß es krachte. »Ja, der Benno versteht's!«

»Toni«, sagte der solchermaßen Gerühmte. »Ich hab' dir was mitgebracht.« Er hob die Papiertüte ein Stück an.

Rambold streifte sie mit einem Blick, doch er hatte sich in der Gewalt.

»Er kann's nicht lassen«, sagte er schmunzelnd, an Sabrina und Brigitte gewandt. »Dabei brauch' ich doch nichts mehr.« Er sah Benno an und nickte. »Also gut – gehen wir ins Haus. Die Damen entschuldigen uns für einen Moment?«

Sabrina und Brigitte begriffen, daß es keine Frage war, sondern eine Anweisung. Also versorgten sie sich erst einmal mit Getränken.

Unterdessen überquerten Anton Rambold und Benno die Terrasse. Auf einem Tisch stand das Modell eines offenbar neuen Stadtteils. Straßen, Wohnblöcke und ein großer Hotelkomplex waren zu bewundern.

Noch bevor Benno die Beschriftung »Sonnleiten« sah, war sein Interesse für das Modell geweckt.

»Aha, das Projekt Sonnleiten nimmt anscheinend Konturen an«, sagte er und ging darauf zu.

»Deshalb feiern wir ja heute«, entgegnete der Gastgeber.

Benno drehte sich zu ihm um.

»Sag mal, was machst du, wenn irgendwann bei uns in Deutschland alles zugebaut ist?«

Rambold lachte.

»Dann bauen wir Spanien und Griechenland zu! Deshalb schaffen wir ja die Grenzen ab!«

Kameradschaftlich legte er den Arm um Bennos Schulter und führte ihn durch die offene Terrassentür ins Wohnzimmer.

Drinnen griff Rambold nach der Papiertasche und nahm sie Benno aus der Hand.

»Dann gib mal den Schotter wieder her.« Es hörte sich unwirsch an.

»Toni, im Mordfall Wendl ist noch alles offen«, erwiderte Benno im gleichen Tonfall. »Hast du überhaupt ein Alibi für die Tatzeit? So schaut's nämlich aus.«

Anton Rambold zog eine Schublade auf und ließ die Tragetasche mit dem Geld darin verschwinden.

»Ich war im Büro und habe mich auf eine Konferenz vorbereitet«, berichtete er. »Die hat um siebzehn Uhr angefangen. Außerdem – was hätte ich gegen den Raimund haben können? Er hat für mich den ganzen Grund aufgekauft, jedenfalls bis auf den von der Hallwegerin.« Er grinste selbstgefällig. »Die haben alle gedacht, der junge Hüpfer hat ja keine Ahnung, den ziehen wir über den Tisch. Aber die werden Augen machen, wenn das ein I a Bauland ist.«

»Was mit unserem Herrn Landrat natürlich schon längst beschlossen worden ist«, resümierte Benno. »Es wäre interessant, was seine Wähler von solchen Praktiken halten.«

Anton grinste wieder.

»Das einzige, was die halten, ist der blaue Stift, mit dem sie in der Wahlkabine ihr Kreuz machen – und das reicht.«

Benno schenkte es sich, über dieses Thema eine Diskussion anzufangen. Er wußte, der Anton war in solchen Dingen unbelehrbar.

»Wie hoch war der Anteil vom Wendl bei dem Geschäft?« fragte er daher.

»Juckt nicht mehr«, antwortete sein Schulfreund knapp. »Das letzte Hemd hat bekanntlich keine Taschen.«

»Für dich wirft sogar ein Mord noch was ab«, sagte Benno kopfschüttelnd.

»Für dich vielleicht nicht?« entgegnete Anton hinterhältig. »Oder hättest du sonst das Fräulein Neuhierl kennengelernt? Bei Naturalien bist du anscheinend nicht so zimperlich.« Er lachte versöhnlich und klopfte ihm auf die Schulter. »Keine Sorge, ich sag's deiner Chefin nicht.« Er wandte sich wieder in Richtung Garten.

»Ist die Frau Dr. Zirner auch da?« fragte Benno und folgte ihm.

»Alles, was Rang und Namen hat«, erwiderte der Hausherr stolz.

Landrat Wallner hatte sich inzwischen zu seiner Ehefrau gesellt. Er machte sie auf den Hauptkommissar aufmerksam, als dieser mit Anton Rambold das Haus verließ.

»Siehst du den Kerl in dem unmöglichen Hemd?«

»Ich bin ja nicht blind«, antwortete Elfriede.

»Ein Schnüffler von der Polizei«, erklärte ihr Mann. »Also geh ihm aus dem Weg.«

Sie stellte ihr leeres Champagnerglas auf das Tablett einer Serviererin und nahm sich sofort ein volles herunter. Wallner beobachtete es und preßte unwillig die Lippen zusammen.

Möglich, daß sie es darauf anlegte, ihn vor aller Öffentlichkeit zu blamieren. Manchmal hatte er das Gefühl, daß sie ihn damit herausforderte. Wenn sie erst einmal volltrunken durch die Partylandschaften torkelte, würde er sich von ihr trennen müssen. Andererseits hatte er eine Scheidung bislang aus gutem Grund vermieden.

Sie lebten schließlich in Bayern, nicht in Preußen. Hierzulande bewertete die Öffentlichkeit eine Scheidung als das, was sie war: eine Schande.

Elfriede bemerkte seinen tadelnden Blick, als sie das Glas ansetzte.

Er zischte ihr seine Warnung zu.

»Und trink nicht so viel, verdammt noch mal!«

Dann lächelte er wieder, und auch Elfriede setzte ihr einstudiertes Lächeln auf. Beide waren geübt darin, dem Partyvolk, dem Wahlvolk und sonstigem Volk zu huldigen. Und dabei würde es aller Voraussicht nach auch bleiben.

Unterdessen widmete sich auch Anton Rambold anderen Gästen, so daß Benno Berghammer vorübergehend niemanden zum Palavern hatte.

Nur vorübergehend.

»Champagner, Herr Kommissar?« fragte eine junge Frauenstimme.

Er wandte sich zur Seite und erblickte die Serviererin, die ihm im Festsaal des »Tölzer Hofs« weitergeholfen hatte. Er erinnerte sich. Freimütig hatte die junge Frau ihm Auskunft gegeben, mit wem Raimund Wendl am Tisch gesessen hatte.

»Ich grüße Sie!« sagte er erfreut. »Bedienen Sie nicht mehr im Tölzer Hof?«

»Doch«, antwortete sie freundlich. »Aber ich habe meinen freien Tag, und mir ist jeder Nebenverdienst willkommen.«

Benno lehnte den Champagner mit einer dankenden Handbewegung ab.

»Ich hole mir nachher ein Bier«, erklärte er. »Eine Frage: Ist Ihnen im Hotel zufällig die Frau wiederbegegnet, die der Wendl auf der Modenschau zuerst angesprochen hat?«

»Sie steht direkt vor uns«, antwortete die Serviererin leise. »Die im geblümten Kleid.«

Benno blickte in die Richtung, die seine Informantin ihm mit ihrem Blick wies. Die Frau in dem geblümtem Sommerkleid kam ihm bekannt vor, aber er vermochte sie nicht einzuordnen.

Er erinnerte sich an das, was die Mama ihm berichtet hatte. Das sehr unterschiedliche Verhalten von Mutter und Tochter, als Raimund Wendl die beiden angesprochen hatte.

»Damals war doch auch ihre Tochter dabei«, sagte er. »Ist die nicht hier?«

Die Serviererin lächelte nachsichtig.

»Die würde sich hier bestimmt langweilen.«

Benno bedankte sich, und sie trug ihr Tablett weiter durch die Menge. Während er ihr noch nachblickte und über die Frau im geblümten Kleid nachdachte, sah er Frau Dr. Zirner und Sabrina in der Ferne auf ihn zusteuern.

So hatte sein fesches Designerhemd wenigstens einen praktischen Sinn. Er war nicht zu übersehen, nicht aus den Augen zu verlieren.

»Guten Tag, Herr Berghammer«, sagte die Staatsanwältin aufgekratzt. Es mußte an dem Champagner liegen, sie hatte ein Glas davon in der Hand. »Sie bewegen sich auf ungewohntem Parkett!«

Benno gönnte ihr sein schönstes Lächeln.

»Ja mei, Sie haben selbst gesagt, ich soll mich im Mordfall Wendl mehr anstrengen.«

Frau Dr. Zirner sah aus, als ob sie einem Ohnmachtsanfall nahe wäre.

»Fangen Sie um Gottes willen nicht heute damit an!« beschwor sie ihn. Kurzentschlossen wandte sie sich zur Seite und ordnete an: »Sie haben ein Auge auf ihn, Frau Lorenz.«

»Schon immer gehabt«, grinste Sabrina.

Eine Fortsetzung der dienstlichen Ermahnungen blieb Benno und Sabrina erspart, als einer der leitenden Verwaltungsbeamten aus dem Rathaus erschien und die Staatsanwältin in ein Gespräch verwickelte.

Benno und seine Kollegin schlenderten weiter, und er zeigte ihr die Frau, auf die ihn gerade die Serviererin aufmerksam gemacht hatte.

»Finde heraus, wer die Frau im geblümten Kleid ist«, raunte er ihr zu.

Sabrina nickte und sah ihn von der Seite an.

»Und womit schlägst du deine kostbare Zeit tot?«

»Ich hole mir ein Bier«, antwortete er und zwinkerte ihr kameradschaftlich zu.

Während Sabrina ihren Weg auf der Suche nach weiteren Gesprächspartnern fortsetzte, nahm Benno Kurs auf die Theke, in deren Umkreis sich eine besonders große Menschenschar versammelt hatte.

Er entdeckte Brigitte. Sie stand allein da, nur ein paar Meter von der Theke entfernt. Er steuerte auf sie zu, doch im nächsten Moment verlangsamte er seine Schritte, als er bemerkte, daß Brigitte nicht zufällig dort ausharrte.

Sie wartete, bis Rudolf Wohlschlager, der Notar, mit einem frisch nachgefüllten Maßkrug aus dem Thekengedränge auftauchte. Und sie zögerte nicht, ihn anzusprechen.

»Grüß Gott, Herr Notar«, sagte sie. »Wir haben bisher nur miteinander telefoniert. Mein Name ist Neuhierl. Ich bin die Sekretärin vom Herrn Wendl.«

»Äh – guten Tag«, antwortete Wohlschlager. Sein Gesichtsausdruck spiegelte deutliche Verunsicherung.

»Ich möchte mich kurz mit Ihnen unterhalten«, entgegnete Brigitte. In diesem Augenblick sah sie Benno auf sich zukommen, und sie fügte hinzu: »Unter vier Augen.«

»Im Moment kann ich nicht«, sagte Wohlschlager gedämpft. »Ich komme später auf Sie zu.« Er setzte seinen Weg fort, entfernte sich von ihr, ohne sie weiter zu beachten.

Benno war die Begegnung dennoch nicht entgangen.

Brigitte erwiderte sein Lächeln, als er sich ihr näherte.

»Na, Benno, kommst du auf deine Kosten?«

»So langsam«, antwortete er.

Weiter kam er nicht, denn die Kapelle spielte einen Tusch. Alle Aufmerksamkeit richtete sich auf den Spieß mit dem Spanferkel und auf Anton Rambold, der, um auf sich aufmerksam zu machen, beide Hände erhoben hatte und sie über dem Kopf hin und her bewegte. Einer der Männer, die den Spieß bedienten, klopfte mit einem Löffel an einen leeren Maßkrug. Das helle Geräusch ließ auch die letzten Plauderer verstummen.

»Hört mal alle her!« rief der Gastgeber. »Unser Spanferkel ist jetzt fertig! Wer jetzt nicht hinlangt, ist es selbst schuld! Also laßt es euch schmecken – solange der Vorrat reicht!«

Klatschen und beifälliges Gejohle wurden laut.

Während Benno zu der Überzeugung gelangte, daß sein Schulfreund Toni offenbar nicht der Mann für eine geistreiche Rede war, kehrte Sabrina zurück. Ohne Umschweife berichtete sie über das Ergebnis ihrer Erkundigungen.

»Die Frau im geblümten Kleid ist Margit Wohlschlager, die Frau des Notars.«

Benno überlegte.

»Margit …« Er sah Sabrina an. »Auf der Gästeliste der Modenschau war doch noch eine andere Wohlschlager, oder?«

»Ja, eine ›Denise‹«, bestätigte Sabrina. »Vermutlich die Tochter.«

Das Bild begann sich zusammenzufügen. Mutter und Tochter im Saal der Modenschau. Raimund Wendl höchst unwillkommen bei der Mutter, aber freudig begrüßt von der Tochter. Welches Klischee männlicher Wunschvorstellungen paßte hier?

Bennos Blick blieb an der Menschenmenge haften, die sich mittlerweile um das Spanferkel drängte.

»Die reinste Raubtierfütterung«, murmelte er. Dann hob er den Zeigefinger. »Denise – genau! Die fehlt mir noch.«

Er wandte sich ab, ohne auf eine Antwort zu warten.

Sabrina blickte ihm nach, als er auf das Haus zuging. Seine Schritte wurden immer schneller.

Brigitte war wieder zur Stelle und näherte sich der Kommissarin mit fragendem Blick.

Sabrina zuckte die Achseln und wies mit einer Kopfbewegung auf das Gedränge rund um das Spanferkel.

»Kommen Sie«, forderte sie Brigitte auf. »Hier herrscht das Gesetz der freien Marktwirtschaft, jeder gegen jeden, bis alles vertilgt ist.«

Und gemeinsam machten sich die beiden Frauen auf den Weg, um sich ein Stück vom Ferkel zu sichern.

Benno war froh, sich selbst einen Vorwand geliefert zu haben, von dem rauschenden Fest verschwinden zu können. Es war nicht seine Welt, die er da erlebt hatte. Und er fragte sich ernsthaft, welche innere Einstellung man brauchte, um an derart plattem Vergnügen seine Freude zu haben.

Nun, vermutlich zählte nicht die Einstellung, sondern das, was die Damen und Herren als gesellschaftlichen Status bezeichneten. Daraus ergaben sich die Notwendigkeiten und Zwänge, die sich selbst schufen und an die sie sich so gern klammerten.

Damit schaukelten sie sich selbst hoch, gaben sich gegenseitig das Gefühl, das zu sein, was sie darzustellen versuchten. Ja, es mußte eine Art Verein auf Gegenseitigkeit sein. Man vermittelte sich die Gewißheit, etwas Besonderes zu sein. Weil es sonst nichts gab, wodurch man sich diese Gewißheit verschaffen konnte, adelte man sich selbsttätig durch das, was das gemeine Volk Cliquenwirtschaft nennt.

Benno stieg in seinen BMW. Unterwegs rief er die Kollegen im Revier an und ließ sich die Privatadresse der Familie Wohlschlager heraussuchen.

Eine Viertelstunde später parkte er den Wagen vor dem hübsch anzusehenden Wohnhaus der Wohlschlagers, das inmitten eines großzügigen Grundstücks stand. Der Garten zeugte auch hier von der pflegenden Hand eines gutbezahlten Fachmanns.

Schon beim Aussteigen hatte Benno den Eindruck, vor einer Disco angelangt zu sein.

Doch er wußte, daß er sich da täuschte. Disco, beziehungsweise der damit verbundene Dezibel-Pegel, konnte heutzutage überall sein. In den Teenie-Zimmern elterlicher Wohnungen, in Gebrauchtwagen, auf Fahrrädern, in Schwimmbädern, in Parkanlagen.

Es gab nur noch wenige Orte, an denen es sich nicht gut wummern ließ. Benno fragte sich, ob die Klassenzimmer heutiger Schulen nicht auch schon mit Equalizern und Subwoofern und all dem Zeug ausgestattet waren. Damit die lieben Kleinen endlich von der Qual erlöst wurden, über lange Vormittagsstunden hinweg in akustischer Leere ausharren zu müssen.

Bestimmt hatten die allseits verständnisvollen Lehrer längst erkannt, wie unerträglich es sein mußte, aus der lärmüberfluteten Kultur der Null-Kommunikation plötzlich den Zwängen verbalen Austausches ausgesetzt zu sein. Und zwar immer vormittags, zur Schulzeit. Das konnte irreparable psychische Schäden zur Folge haben.

Immerhin war die Grenzenlosigkeit der Beschallung sogar schon während des Schlafes gewährleistet. Sleeptimer-gesteuerte Anlagen gewährleisteten ein früheres Einsetzen und ein längeres Andauern der sogenannten REM-Phase, des Rapid Eye Movement also. Wissenschaftler hatten mittlerweile herausgefunden, daß sich die schnellen Augenbewegungen der jugendlichen Schlaf-Testpersonen im Techno- oder Disco-Takt vollzogen.

Das hielt selbst dann an, wenn der Sleeptimer die Akustik-Versorgung in den frühen Morgenstunden abbrach, weil man den Vorstellungen der Restpersonen im Haus wenigstens teilweise entgegenkommen mußte. Meist handelte es sich bei diesen Personen um Eltern, denen in ihrer Kindheit noch ein schallenthaltsames, häusliches Leben aufgezwungen worden war.

Heutzutage wurden die Kleinen wenigstens schon im Pampers-Alter mit kindgerechten Kassettenrecordern versorgt. Die Lebensphase persönlichkeitsschädigender Stille wurde immer kürzer.

Benno konnte sich eine Zeit vorstellen, in der schon das Ungeborene im Mutterleib mit Bässen und Höhen versorgt wurde. Die praktische Kompaktanlage in Gürtelform, für jeden Mutterbauch geeignet. Und wenn das Kleine drinnen zu strampeln anfing, dann wenigstens rhythmisch, nach dem Baßbeat.

Benno schloß seinen Wagen ab und begab sich zur Gartentür. Im Mauerpfeiler gab es eine Klingel. Doch deren Betätigung führte erwartungsgemäß zu nichts.

Benno drückte die Klinke der Gartentür herunter und stellte fest, daß sie nicht verschlossen war. Ohne lange zu überlegen, trat er ein und ging einen mit Granitplatten gepflasterten Weg entlang bis zur Haustür.

Die Lautstärke des Wummerns hatte inzwischen

beträchtlich zugenommen. Er näherte sich eindeutig dem Auge des Orkans.

Auch die Haustürklingel fand bei niemandem Gehör. Da es hier keine Klinke gab, sondern nur einen unbeweglichen Knauf, beschloß Benno, seine Suche auf der Rückseite des Hauses fortzusetzen.

Noch bevor er dort ankam, wußte er, daß er auf dem richtigen Weg war. Der Disco-Sound schwoll an zum Höllenlärm.

Er bog um die Hausecke und erblickte ein hübsches junges Mädchen auf der Terrasse. Der Radiorecorder nahm die Hälfte des Tisches ein, Schulbücher und Hefte die andere Hälfte. Tatsächlich schrieb sie in eines der Hefte hinein.

Benno staunte.

Die altüberlieferte Form der Hausaufgaben schien es also noch zu geben. Jedenfalls sah es danach aus. Wie man allerdings bei dem Lärm auch nur ein einziges Wort fehlerfrei zu Papier bringen konnte, war Benno schleierhaft.

Der Rambold Toni hätte seine gesamten Planierraupen durch den Wohlschlager-Garten schicken können, und dem Mädchen wäre nichts aufgefallen.

Vielleicht aber hatte die Dauer-Beschallung einen Vorteil, auf den der Hauptkommissar Benno Berghammer trotz aller Einfühlsamkeit noch nicht gekommen war. Vielleicht vertrieb das Wummern störende, ablenkende Gedanken. Folglich war es dann womöglich so, daß man sich bei ordentlicher Disco-Lautstärke mühelos auf das Wesentliche konzentrieren konnte. Alles, was nicht zur Sache gehörte, wurde weggedröhnt.

Sehr praktisch.

Benno ging auf die Tochter des Hauses zu. Sie bemerkte ihn noch nicht einmal dann, als er praktisch schon vor ihr stand.

»Grüß Gott!« brüllte er. »Könntest du die Musik ein bißchen leiser stellen?«

Sie hob den Kopf wie jemand, der nach einem fernen Mißklang horcht. Dann erblickte sie ihn. Ohne erkennbare Reaktion sah sie ihn an. Kein Erschrecken, kein Erstaunen – nichts. Er war einfach da. So etwas nahm die schallgeprüfte Generation als gegeben hin. Vielleicht ein Vorteil. Temperamentsausbrüche kosteten schließlich Energie.

Sie tat ihm den Gefallen und drehte an dem Lautstärke-Knopf, der der größte und dickste an dem Recorder war. Es wurde leiser, wenn auch nicht still. Vogelgezwitscher war auch jetzt nicht zu vernehmen.

Benno trat an den Tisch heran.

»Mein Name ist Berghammer«, teilte er mit. »Von der Kripo Bad Tölz.«

»Meine Eltern sind nicht zu Hause«, antwortete das Mädchen.

»Ich weiß«, erwiderte Benno und lächelte. »Ich komme gerade von der Party, auf der sie sind. Du hast doch nichts dagegen, wenn ich ›du‹ zu dir sage?«

»Nein.«

»Und du bist die Denise?«

»Ja.«

»Kann ich dir ein paar Fragen stellen?«

»Ja.«

Benno blickte auf ihr Heft und die aufgeschlagenen Bücher.

»Oh, Mathematik. Ich schätze, da wären dir Antworten lieber als Fragen.«

»Na ja, ich schaffe es schon alleine«, antwortete sie mit einer Art Lächeln.

Benno setzte sich auf den Stuhl an der Schmalseite des Tisches.

»Du warst doch auf dieser Trachten-Modenschau«, eröffnete er seine Fragestunde. »Wo das mit dem Herrn Wendl passiert ist.«

»Mit meiner Mutter«, antwortete Denise. »Aber ich habe nicht mehr gesehen als alle anderen im Saal.«

»Woher weißt du, wieviel die anderen gesehen haben?«

»Wie bitte?« Sie sah ihn verständnislos an.

»Vergiß es«, grinste er. »Hast du den Wendl gekannt?«

»Ein bißchen.«

»Was heißt das heutzutage – in deinem Alter?«

Denise fand die Frage nicht absonderlich. Ihre Antwort kam prompt und ohne Erstaunen.

»Wir haben uns manchmal zufällig getroffen – in einem Café oder so.«

»Mhm ...« Benno tat, als würde er nachdenken. »Du bist also die Denise ...«

Das trug ihm immerhin ein Stirnrunzeln ein. Wahrscheinlich hielt sie sein Erinnerungsvermögen für gruftihaft schwach.

»Denise ...«, wiederholte er und zog den Taschenkalender Raimund Wendls hervor. Er fing an, darin zu blättern. Dann hob er den Kopf und sah sie an. »Dein Name kommt ganz schön oft darin vor.«

Denise war überrascht.

Sie konnte es nicht verbergen.

Benno lächelte und spann seinen Faden weiter.

»Genaugenommen ist es nur ein ›D‹, aber wir beide wissen, daß du damit gemeint bist. Haben deine Eltern davon gewußt?«

Denise errötete nicht einmal.

»Irgendwie haben sie es herausbekommen«, gestand sie.

»Und weiter?« Benno machte eine auffordernde Kopfbewegung. »Sehr erfreut werden sie nicht gewesen sein. Du bist kaum halb so alt wie er.«

Zum ersten Mal wurde das Mäddchen unsicher. Sie zögerte mit der Antwort.

»Ja«, sagte sie schließlich. »Sie haben einen Riesen-Terror veranstaltet. Die behandeln mich wie ein kleines Kind.«

Benno mußte grinsen.

»Hast du mit dem Wendl nachher trotzdem noch – weitergemacht?«

Sie schüttelte den Kopf.

»Nein. Meine Eltern haben ihm mit einer Anzeige gedroht.«

»Jedenfalls hat das Ganze eine ziemliche Aufregung verursacht.« Benno stand auf. »Tja, dann möchte ich dich nicht länger von der Mathematik abhalten. Jetzt kannst du die Musik wieder lauter stellen.«

Sie tat es nicht.

Nach drei, vier Schritten drehte Benno sich noch einmal um. Lächelnd bemerkte er, daß sie die Hand noch nicht einmal zum Lautstärkeregler ausgestreckt hatte.

»Wenn deine Mutter telefoniert«, sagte Benno,

»nimmst du, was die Lautstärke anbelangt, wahrscheinlich weniger Rücksicht, oder?«

»Die verbietet mir schon genug«, entgegnete das Mädchen bissig.

Benno winkte ihr zu.

»Servus, Denise. Du hast mir sehr geholfen.«

Erst als er den Vorgarten erreichte, dröhnte auf der Terrasse wieder der Recorder los. Und in Bennos Kopf hallten die Worte der Hallwegerin nach.

Musik habe ich gehört. So ganz moderne – furchtbar laut ...

8. Kapitel

Partygeplauder

Sie konnte an seinem Gesicht ablesen, wie sehr es ihm widerstrebte, sie zu diesem Vieraugengespräch zu begleiten. Doch er schien zu wissen, daß er keine andere Wahl hatte. Vielleicht war es auch eine besondere Art von Neugier, aus Risikobewußtsein geboren.

Brigitte Neuhierl blieb äußerlich völlig ruhig, als sie Rudolf Wohlschlager durch die offene Terrassentür in das Wohnzimmer des Gastgebers folgte. Brigitte wollte den Notar nicht vor den Kopf stoßen – weder durch Überheblichkeit noch durch Spott.

In der Mitte des Wohnzimmers blieb Wohlschlager stehen und drehte sich zu ihr um.

»Worum geht es?« fragte er kurzangebunden. Sein durchdringender Blick war geeignet, einen Kontrahenten in Unsicherheit und Verwirrung zu stürzen.

Doch Brigitte blieb völlig ruhig, als sie mit einer Gegenfrage antwortete.

»Haben Sie sich eigentlich schon gefragt, warum die Polizei noch nicht bei Ihnen war?«

Wohlschlagers Blick veränderte sich schlagartig. Die Überlegenheit wich einem mißtrauischen Ausdruck.

Als er nichts sagte, fuhr Brigitte fort.

»Bis jetzt weiß niemand, daß Sie den Raimund eine

halbe Stunde vor dem Mord unbedingt sprechen wollten. Sie erinnern sich: Ich habe Ihnen verraten, wo er ist und Ihnen seine Handynummer gegeben. Haben Sie ihn angerufen?«

»Ja«, erwiderte Wohlschlager. »Aber ich verstehe nicht ...«

Brigitte erklärte es ihm, ohne eine Miene zu verziehen.

»Ich bin auf der Suche nach einem neuen Arbeitsplatz, und ich dachte, Sie könnten mir dabei helfen. Womöglich ist zufällig in Ihrem Notariat etwas vakant. Ich lerne schnell dazu und bin sehr ehrgeizig.«

Wohlschlager starrte sie an.

Er schwieg, während er anfing, zu begreifen.

»Kommen Sie morgen in mein Büro«, sagte er dann.

Sie nickte zufrieden.

»Ich hoffe, Sie können dann ein bißchen konkreter werden, Herr Wohlschlager. Fürs erste bedanke ich mich, daß Sie mir zugehört haben.«

Er ging an ihr vorbei, verließ das Wohnzimmer als erster. Brigitte folgte ihm sofort. Es spielte keine Rolle, wenn sie miteinander gesehen wurden. Nur ihre Gespräche mußten nicht unbedingt von ungebetenen Ohren mitgehört werden.

Da er der Gastgeber war und wußte, was sich gehört, hatte Anton Rambold sich zuletzt vom Spanferkel bedient. Mit dem gefüllten Teller begab er sich an den Tisch, wo er schon vorher mit Katja Flemisch und Sabrina Lorenz gesessen hatte.

Er nahm seinen Platz zwischen den beiden Frauen

wieder ein und ließ es sich schmecken. Zwischen zwei Bissen wandte er sich der Kommissarin zu.

»Sagen Sie mal, Frau Lorenz – stimmt es eigentlich, daß ein Polizist immer im Dienst ist?«

»Wie man's nimmt«, entgegnete sie und wollte zu einer Erklärung ansetzen.

Doch Katja stieß sie an und informierte sie lachend: »In Wahrheit ist *er* es, der kein Privatleben hat!«

Sabrina beschloß, nicht darauf einzugehen. Weder mit Katja noch mit Rambold war sie vertraut genug, um über Fragen des Privatlebens zu diskutieren.

»Eines würde mich echt interessieren …«, sagte sie, indem sie sich an ihn wandte. »Nach Bennos Schilderung ist Wendls früherer Kompagnon Vitus Sagstetter der wesentlich sympathischere von beiden. Warum haben Sie den nicht für sich eingespannt?«

Rambold lachte, trank einen Schluck Bier und stellte den Maßkrug krachend ab. Er sah die Kommissarin an und zwinkerte ihr zu.

»Weil man mit Ehrlichkeit vielleicht ins Paradies kommt, aber nicht ans große Geld. Als der Sagstetter gesehen hat, welchen Schnitt der Wendl bei mir macht, hat er sich wahrscheinlich vor Wut in den Schwanz gebissen.«

»Um so mehr«, fügte Katja hinzu, »als der Raimund ihm auch noch seine Sekretärin abgeworben hat.«

Rambold schluckte ein Stück Fleisch hinunter und nickte.

»In die der Sagstetter rettungslos verschossen war.«

»Und sie?« fragte Sabrina erstaunt.

Rambold winkte ab.

»Also – wer von euch Frauen möchte schon einen

Versager? Da nehmt ihr doch lieber noch jeden Macho!« Sein Blick wanderte über den Tisch, von seinen Gesprächspartnerinnen weg, und er rief: »Ah, da ist ja unser Benno wieder!«

Doch der Hauptkommissar hatte andere Ziele ins Auge gefaßt. Ohnehin wußte er Rambold und seine Verlobte bei Sabrina in besten Händen. Er winkte ihnen zu und sah sich wie unschlüssig um.

Als erstes sah er Brigitte. Sie stand auf der Terrasse mit einem Glas Champagner in der Hand. Als sie Benno sah, winkte sie ihm zu und forderte ihn mit einer weiteren Geste auf, zu ihr zu kommen.

Schon im Begriff, zu ihr zu gehen, erblickte er das Ehepaar Wallner im Festzelt. Sein berufliches Interesse war stärker als das private. Er signalisierte Brigitte mit einem Wink, daß sie sich noch einen Moment gedulden möge. Sie zeigte ihr Verständnis mit einem Nicken.

Benno eilte auf die Wallners zu.

»Herr Landrat!« rief er scheinheilig. »Entschuldigen Sie, ich habe Sie ja noch gar nicht begrüßt!«

Wallners Antwort fiel säuerlich aus.

»Der Herr Kommissar – ich wundere mich, in welchen Kreisen Sie sich neuerdings bewegen.« Nach diesen Worten blieb ihm nichts anderes übrig, als seine bereits angetrunkene Ehefrau vorzustellen. »Herr Kommissar Berghammer – meine Gattin.«

Benno verbeugte sich.

»Meine Verehrung, Frau Wallner.«

»Und wie kommen Sie voran?« fragte sie mit unverhohlener Neugier.

Benno beäugte die Köstlichkeiten des Büfetts.

»Ich fange gerade an. Das sieht ja alles sehr einladend aus.« Er wandte sich Frau Wallner zu. »Oder meinen Sie es beruflich?«

»Elfriede!« ermahnte der Landrat seine Frau vorwurfsvoll. »Verdirb dem Mann nicht den Appetit.«

»Keine Sorge, Herr Landrat«, lachte Benno. »Der Appetit vergeht mir eher, wenn ich daran denke, daß ein Mörder frei herumläuft.«

Sie nickte verständnisvoll, wobei ihr Blick mehr durch Benno hindurchging, als daß sie ihn ansah.

»Der arme Raimund«, sagte sie mit hörbar belasteter Zunge. »Dabei schien alles so reibungslos zu klappen. Ich habe die Ehefrauen der Grundstückseigentümer zum Kaffeekränzchen eingeladen und den Damen bei der Gelegenheit den ›zufällig‹ anwesenden Herrn Wendl vorgestellt.«

Wallner sah verzweifelt aus.

»Meine Frau kann halt niemandem was abschlagen«, sagte er und machte dabei den Eindruck, als würde er gleich laut aufstöhnen.

»Der Raimund hat die Damen dann in die Mangel genommen«, berichtete Elfriede unbeirrt weiter. »Und mit einigen von ihnen ging er sogar ins Bett, um sie verkaufswillig zu stimmen.«

Landrat Wallner ergriff den Arm seiner Frau.

»Leider geht nach dem dritten Glas immer die Phantasie mit ihr durch«, sagte er zu Benno. »Sie entschuldigen uns.«

Benno blickte dem Landrat nach, wie er seine angesäuselte Gattin aus dem Zelt führte, wobei er ihren Arm fest im Griff hatte. Als die Wallners auf das Ehepaar Wohlschlager stießen, tauchte Sabrina neben Benno auf.

»Na?« sagte sie. »Denkst du, unser selbstloser Einsatz hat sich gelohnt?«

»Und ob!« antwortete Benno, während er noch zu den neuen Gesprächspartnern des Landrats und seiner Frau blickte. »Morgen knöpfe ich mir den Notar Wohlschlager vor.«

»Und ich mir den Vitus Sagstetter«, entgegnete Sabrina.

Benno sah sie verdutzt an.

»Aber mit dem habe ich doch schon zweimal gesprochen.«

»Na und?« sagte seine Dienstpartnerin. »Möglicherweise warst du zu nachsichtig mit ihm. Liegt wohl daran, daß ihr denselben Geschmack habt.«

»Sabrina!« rief Benno vorwurfsvoll.

»Etwa nicht?« erwiderte sie spitz.

Resi Berghammers Wohnzimmer hatte an diesem Abend eine richtig weihnachtliche Atmosphäre, obwohl es mitten im Sommer war.

Für die Weihnachtsstimmung gab es mehrere Gründe. Erst einmal war es draußen bereits dunkel geworden. Für Resi ein eindeutiges Indiz dafür, daß sich die Dinge hinzogen. Und je länger sich die Dinge hinzogen, desto eindeutiger wurden sie.

Am allereindeutigsten würde es natürlich sein, wenn der Bub in der Nacht gar nicht heimkam.

Zweiter Grund für Resis weihnachtliche Stimmung war die freudige Erwartung. Während sie im Wohnzimmer bügelte und die nach Frühlingsfrische duftende Wäsche zusammenlegte, war sie sicher, daß sich bald ihre sehnlichsten Wünsche erfüllen würden.

Wievielmal würde sie noch wachwerden, bis der Benno die Brigitte zum Traualtar führte?

Und die darauffolgenden Monate würden wie im Flug vergehen, angefüllt mit Vorbereitungen für den neuen kleinen Erdenbürger. Denn kein Enkelkind auf der Welt sollte es schöner haben als das der Resi Berghammer.

Den Fernseher hatte sie an diesem Abend nicht einmal eingeschaltet – ganz entgegen ihren sonstigen Gewohnheiten beim Bügeln.

Doch in diesen Stunden waren die Bilder ihrer Vorstellungskraft viel, viel wichtiger.

In Gedanken rekapitulierte sie, wieviel Läden für Kinderausstattung es in Bad Tölz gab. Ach, wie stolz würde sie sein, wenn sie endlich eines dieser Geschäfte betreten und sagen konnte: *Grüß Gott, ich hätte gern ein Kinderbett, einen Kinderwagen – ach, geben Sie mir einfach alles, was so ein kleines Herzerl braucht.*

Und dann erst später …

Bestimmt würde die Brigitte wieder arbeiten, wenn das Kleine aus dem Gröbsten heraus war. Dann, ja dann schlug die Stunde der Großmama. Dann wurde sie gebraucht – fürs Kinderhüten. Oder – Babysitting, wie man heute sagte.

Am praktischsten würde es ja sein, wenn der Bub und seine junge Frau hier im Haus wohnten. Dann konnten sie das Enkelchen gleich direkt bei der Großmama lassen, konnten sich das viele Herbringen und Abholen ersparen.

Und sie würde das Kleine zum Einkaufen mitnehmen, im Kinderwagen. Zum Friseur, zur Bank – einfach überallhin. Sie hörte sie schon, die jauchzenden Freundinnen, Nachbarinnen und Bekannten beim Blick in den Kinderwagen: *Ja mei, was für ein schönes Baby! Und dem Benno wie aus dem Gesicht geschnitten? Oder kommt's mehr nach der Großmama? Ja, wenn man so hinschaut, sollt man meinen, daß die Resi Berghammer noch mal zur Welt gekommen ist …*

Die Haustür ging, und Schritte kamen die Treppe herauf.

Resi seufzte, weil sie ihre Wachträume verlassen mußte. Andererseits nahte die Bescherung. Jetzt, gleich, würde sie mehr wissen. Natürlich hörte sie, daß es ihr Bub war, der da die Treppe heraufstapfte.

»Benno – bist du's?« rief sie trotzdem, innerlich vor Spannung bebend.

»Wer sonst?« antwortete er.

Gemessen an den nahenden frohen Ereignissen, hörte es sich ziemlich griesgrämig an. Aber allein durch einen solchen unmaßgeblichen Eindruck ließ Resi sich die Freude an der bevorstehenden Bescherung nicht verderben. Schließlich kannte sie ihren Buben. Manchmal konnte er sich ganz schön verstellen. Ach, in der Schulzeit hatte er sie ja schon genarrt. Tränen in den Augen und dann ein Zeugnis voller Einsen und Zweien. Tja, so war er, der Benno, und bestimmt würde sein Sohn oder seine Tochter auch seinen Humor erben.

Rasch stellte Resi das Bügeleisen in die Ablagemulde.

Als ihr Sohn eintrat, sah sie ihm erwartungsvoll entgegen.

Er brummte einen Gruß, und ohne ein weiteres Wort ging er auf den Zeitungsständer zu.

»Und?« rief sie. »Jetzt laß dir nicht jedes Wort aus der Nase ziehen!« Sie holte Luft. »Hättest du nicht besser deinen dunklen Anzug …«

Benno war stehengeblieben.

»Mama! Ich war auf keiner Beerdigung.«

Sie überhörte es, und ihre Augen leuchteten, als sie auf den ersten entscheidenden Punkt zu sprechen kam.

»Wie war denn das Fräulein Neuhierl gestimmt?« Sie machte eine fordernde Handbewegung. »Erzähl schon!«

Er schloß müde die Augen und öffnete sie wieder.

»Mir geht so viel anderes im Kopf herum, Mama. Reden wir morgen früh darüber.«

»Im Kopf herum?« wiederholte sie freudig. »Das ist ein gutes Zeichen!«

»Für was?«

»Geh, frag nicht so blöd«, entgegnete Resi unwillig. »Du kannst nur an sie denken – das ist in dem Stadium normal.«

Benno sandte einen Blick zum Himmel, ohne allerdings wirklich mit Hilfe von dort oben zu rechnen.

»Im Gegensatz zu dir bin ich im Moment sogar besonders normal«, erklärte er.

Resi wollte es nicht hören.

»Gib wenigstens zu, daß du keinen klaren Gedanken mehr fassen kannst«, versteifte sie sich in ihr Wunschdenken. »Das ist die wahre Liebe!«

Er schüttelte den Kopf.

»Was ich brauche, ist die wahre Erleuchtung. Aber langsam lichtet sich der Nebel im Wendl-Mord.« Er trat auf den Zeitungsständer zu. »Ich lese noch ein bißchen Zeitung.« Er nahm das Lokalblatt an sich und ging in sein Zimmer.

»Der Mensch lebt nicht vom Mord allein!« rief Resi ihm nach.

Benno drehte sich noch einmal um.

»Ich schon«, sagte er. Dann machte er die Tür hinter sich zu.

Das Notariat befand sich in einem dreigeschossigen Neubau im Zentrum von Bad Tölz. Bestimmt hatte der Rambold Toni es gebaut, und der Wendl Raimund hatte zu Lebzeiten die Mietverträge abgeschlossen – für die beiden Ladengeschäfte im Erdgeschoß und für die Büros in den oberen Stockwerken. Ganz oben befanden sich auch zwei Eigentumswohnungen.

Insgesamt eines der kleineren Rambold-Objekte.

Der Toni hatte schon ganz andere Sachen auf die Beine gestellt. Vom Einkaufszentrum bis zum Hallenbad.

Benno benutzte die Treppe, um in den ersten Stock zu gelangen. Oben angekommen, sah er, daß die Tür neben dem Schild »Notariat Rudolf Wohlschlager« offenstand. Er konnte seinen Weg also ohne Verzögerung fortsetzen.

Der Vorraum erinnerte an das Wartezimmer einer Arztpraxis, mit dem Unterschied, daß die Leute hier alle reich und gesund aussahen.

Ein offener Durchgang führte zu den Büros, in denen die Angestellten damit beschäftigt waren, fleißig zur Vermögensvermehrung des Herrn Notars beizutragen.

Benno blieb in dem Durchgang stehen. Eine Sekretärin, die mit Akten und Urkunden hantierte, erwiderte seinen Blick.

»Grüß Gott«, sagte er. »Berghammer, Kripo Tölz. Wo finde ich den Herrn Notar?«

»Der hat gerade eine Besprechung«, antwortete die Sekretärin.

Sie hatte es kaum ausgesprochen, als die Tür zum Büro Wohlschlagers geöffnet wurde.

Brigitte Neuhierl kam heraus. Sie sah glücklich aus.

»Benno!« rief sie. »So ein Zufall!«

»Brigitte!« entgegnete er überrascht. »Was …?«

Bevor er weiterfragen konnte, war die Sekretärin von ihrem Schreibtischplatz aufgesprungen.

»Ich sage dem Herrn Notar Bescheid«, erklärte sie und eilte in das Büro, aus dem Brigitte gerade gekommen war.

»Ein Vorstellungsgespräch«, erklärte Brigitte, als sie mit Benno allein war.

»Und? Wie war's?«

»Ziemlich erfolgreich«, antwortete sie strahlend. »Dauert es lange bei dir? Wir könnten uns im Café gegenüber treffen.«

»Ja, gern«, antwortete er erfreut.

Die Sekretärin tauchte wieder auf. Mit einer einladenden Handbewegung wies sie auf die offene Tür.

»Bitte, Herr Berghammer.«

Benno verabschiedete sich mit einem Blick von Brigitte.

»Bis gleich«, sagte sie leise.

Er ging hinein zu dem Mann, der womöglich ihr neuer Arbeitgeber werden würde.

Wohlschlagers Büro war respektgebietend. Leute, die als neue Klienten hereinkamen, nahmen als erstes den Geruch des Geldes wahr. Der wurde von einer gelungenen Mischung aus den Duftnoten von echtem Leder, poliertem Mahagoni und ökologisch unbedenklichem Teppichflor erzeugt.

Die Bilder an den Wänden zeigten abstrakte Alpenlandschaften mit weißgrauen Wildwassern und mystisch erleuchteten Gipfelkreuzen.

Der Herr Notar selbst residierte hinter einem Mahagoni-Monstrum von Schreibtisch. Die Ausmaße des Repräsentations-Möbels ließen den Mann dahinter klein und unbedeutend erscheinen. So kam es Benno jedenfalls vor. Offensichtlich hatte der Herr Notar diese Negativwirkung beim Schreibtischkauf nicht bedacht.

Benno drückte die Tür hinter sich zu und sank bis zu den Knöcheln in den Teppichflausch, als er auf Herrn Wohlschlager zuging.

Dieser machte sich nicht die Mühe, aufzustehen. Der Blick, mit dem er seinen Besucher musterte, war höchst reserviert.

»Grüß Gott, Herr Wohlschlager«, sagte Benno in seiner freundlichsten Art. »Danke schön, daß Sie ein bißchen Zeit für mich haben. Sie können mir bestimmt helfen.«

»Ich hoffe, Sie fassen sich kurz«, entgegnete Wohlschlager ungnädig.

»Ja, freilich. Sie haben viel zu tun.« Benno nickte und befleißigte sich einer aufreizend langsamen Ausdrucksweise. »Da hätten Sie doch leicht auf den Herrn Wendl als Kunden verzichten können – und er auf Sie. Es gibt schließlich noch mehr Notare bei uns.«

Wohlschlagers Augenbrauen zogen sich zusammen.

»Worauf wollen Sie hinaus?« knurrte er feindselig.

Freundlichkeit und Umständlichkeit fielen von Benno ab.

»Ganz einfach«, sagte er schneidend. »Ihre minderjährige Tochter hat was mit dem Wendl gehabt. Und Sie haben ihm damit gedroht, daß Sie ihn anzeigen. Ihrer Frau Gemahlin war das offenbar nicht genug. Sie hat versucht, dem Wendl den wichtigen Abschluß mit der Hallwegerin zu verderben.«

Fassungslos sprang der Notar auf.

»Das war meine Frau?« stieß er hervor.

Benno nickte.

»Hätte Ihre Tochter im Hintergrund nicht den Kassettenrecorder angehabt, wäre ich auch nie darauf gekommen.« Nach einem forschenden Blick fuhr er fort: »Was haben Sie nach dem Anruf der Hallwegerin, also kurz vor dem Mord, getan?«

Wohlschlager schüttelte verständnislos den Kopf.

»Nun, den Termin mit ihr stornieren lassen – was sonst?«

»Und weiter?« bohrte Benno. »Sie haben doch sicher auch den Wendl gleich informiert.«

»Ja«, bestätigte er. »Aber ich habe nur seine Sekretärin erreicht.«

Benno lächelte frostig.

»Und Fräulein Neuhierl hat Ihnen verraten, daß ihr Chef auf der Trachten-Modenschau ist. Dann waren *Sie* derjenige, der ihn über sein Handy angerufen und sich anschließend mit ihm auf der Terrasse getroffen hat!«

Wohlschlager verschränkte die Arme vor der Brust. Einen Moment lang blickte er stumm zum Fenster hinaus, auf die Dächer von Bad Tölz.

»Es ging um sehr viel Geld«, sagte er schließlich. Seine Stimme war gedämpft, fast nur ein Flüstern. »Ohne den Abschluß mit der Hallwegerin war alles umsonst.«

»Aha«, sagte Benno und folgerte: »Sie sind an dem Gewinn des Projekts Sonnleiten beteiligt.«

»Ja«, bestätigte Wohlschlager. »Ich habe Herrn Wendl auf der Hotelterrasse gesprochen und ihn über den Stand der Dinge informiert. Er sagte, er würde sofort mit der Hallwegerin reden und alles in Ordnung bringen.« Ruckartig wandte er sich zu seinem Besucher um. »Als ich ihn verließ, war er noch bei bester Gesundheit. Das schwöre ich! Sie müssen mir glauben!«

Benno hob die Schultern.

»Jedenfalls waren Sie der letzte, der den Wendl lebendig gesehen hat.«

Rudolf Wohlschlager schüttelte heftig den Kopf.

»Nein!« brauste er auf. »Das war sein Mörder! Welches Motiv hätte ich denn gehabt, ihm etwas anzutun?«

»Immerhin hat er Ihre Tochter verführt«, entgegnete Benno und merkte dabei selbst, wie schlapp dieses Argument war. Als Notar hätte Wohlschlager Mittel und Wege gekannt, um Wendl juristisch zur Rechenschaft zu ziehen.

»Er mußte das Problem mit der Hallwegerin lösen!« beteuerte Wohlschlager. »Wem nützte er denn, wenn er tot war?«

Benno stülpte bedächtig die Lippen vor, als müßte er die Mitteilung erst einmal verdauen.

»Mit anderen Worten …«, sagte er gedehnt. »Der Profit geht immer vor, was, Herr Notar?«

Sabrina hatte bei einem Gasthaus angehalten und sich den Weg beschreiben lassen. Das Bauernhaus war sehr alt. Es stand in einer idyllischen Hügellandschaft, unter hohen Bäumen, und hätte als Motiv für eine Ansichts-Postkarte dienen können.

Sabrina hatte ebenfalls herausgefunden, daß Vitus Sagstetter einen japanischen Geländewagen fuhr. Als sie ein solches Fahrzeug auf dem Hof des alten Bauernhauses erblickte, wußte sie, daß sie an der richtigen Adresse war.

Sie parkte ihren Wagen neben dem Off-Roader und ging auf das Haus zu. Die Eingangstür stand weit offen. Weil keine Klingel zu entdecken war, trat Sabrina kurzerhand ein.

Sie hörte das leise Klappern von Eßbesteck, als sie den Flur durchquerte. Eine weitere offenstehende Tür gab den Blick in eine geräumige Bauernküche frei.

Vitus Sagstetter und seine Mutter, eine grauhaarige Frau, saßen an einem Holztisch und aßen zu Mittag. Die beiden begrüßten die unerwartete Besucherin überrascht, doch freundlich.

»Tut mir leid«, sagte Sabrina von der Tür aus. »Ich wußte nicht, daß Sie so früh zu Mittag essen.

Sagstetter stand auf. Er trug ein weißes Hemd und eine Bundlederhose – wie sein früherer Geschäftspartner am Tag des Mordes.

»Keine Ursache«, sagte er. »Ich bin sowieso fertig.« Fragend sah er die Besucherin an.

»Mein Name ist Lorenz«, stellte Sabrina sich vor. »Kripo Tölz. Herr Sagstetter, nehme ich an.«

»Richtig«, erwiderte er. »Gehen wir hinüber in die Stube. Übrigens ißt man auf dem Land von jeher viel früher als in der Stadt.« Er wandte sich seiner Mutter zu und rief in erhöhter Lautstärke: »Mama, ich gehe mit der Frau Lorenz in die Stube!«

Die Frau, die am Tisch sitzengeblieben war, nickte und lächelte. Zweifellos war ihr Gehör nicht mehr das beste.

Die Stube befand sich gleich nebenan. Wuchtige alte Polstermöbel und aufwendig restaurierte Schränke und Kommoden vermittelten jene Art von Gemütlichkeit, wie sie urbayerischer nicht hätte sein können.

Während sie durch den Raum wanderte und die Einrichtung bewunderte, beschloß Sabrina, sich von solchen Eindrücken nicht beeinflussen zu lassen. Sie mußte sachlich bleiben, das war oberstes Gebot.

»Machen Sie heute blau?« fragte sie und betrachtete die Bilder an der Wand.

Sagstetter war sekundenlang irritiert, bis er begriff.

»Ach, wegen meiner Lederhose?« Er lachte. »Wissen S', in der guten alten Zeit war das eine ganz normale Arbeitskleidung. Und zum Mittagessen fahre ich jeden Tag heim.«

Sabrina hatte eine gerahmte Fotografie entdeckt, die ihr Interesse weckte. Es war ein Farbfoto, und es zeigte Brigitte Neuhierl und Vitus Sagstetter im Trachtenlook. Er hatte den Arm um seine Partnerin gelegt.

»Da waren wir noch im Trachtenverein«, erklärte er und trat näher. »Aber das interessiert Sie sicher alles gar nicht.«

»O doch«, erwiderte Sabrina und sah ihn an. »Mich interessiert zum Beispiel, wie gut Sie wirklich mit Fräulein Neuhierl befreundet sind.«

»Sie war meine Tanzpartnerin im Verein«, antwortete der Immobilienmakler ohne Zögern. »Und dann meine Sekretärin.«

»Bis sie der Wendl verpflichtete«, ergänzte Sabrina.

Ihr Gegenüber seufzte tief.

»Also – wenn es nach mir gegangen wäre, wären wir schon längst verheiratet.«

Sabrina staunte über seine Offenheit, doch sie ließ es sich nicht anmerken. Statt dessen stellte sie eine schonungslose Frage.

»Hatte Brigitte Neuhierl ein Verhältnis mit Wendl?«

»Keine Ahnung. Ich habe ihr nie nachspioniert.«

Sabrina sah sich weiter in der Wohnstube um.

»In einem alten Bauernhaus wie diesem liegt doch sicher irgendwo ein Hirschfänger herum.«

»Ja«, bestätigte Sagstetter überraschend prompt. »Der müßte in der Kommode da sein – stammt von meinem Großvater. Wollen Sie ihn sehen?«

Er ging auf eine große Kommode aus Eichenholz zu, zog die obere Schublade auf und wühlte darin herum.

»Der war doch immer …«, murmelte er.

»Ich habe Zeit«, ließ Sabrina ihn wissen.

»Ah, da ist er ja und schreit nicht!« rief Sagstetter erfreut und drehte sich zu der Kommissarin um. Der Hirschfänger, den er ihr aushändigte, war über hundert Jahre alt.

Selbst ein Laie, so stellte Sabrina fest, konnte das mühelos erkennen.

»Ist das Futteral verlorengegangen?« fragte sie.

»Anscheinend«, antwortete Sagstetter achselzuckend. »Ich habe ihn lange nicht mehr benutzt. Wenn es für Sie wichtig ist, suche ich bei Gelegenheit danach.«

»Das wäre nett«, sagte Sabrina. »Dürfte ich mir das Messer für einige Tage borgen? Nur um absolut auszuschließen, daß es als Tatwaffe in Betracht kommt.«

»Wenn es Ihnen Spaß macht«, erwiderte Sagstetter leichthin.

»Danke«, sagte Sabrina und verstaute den Hirschfänger in ihrer Jackentasche. »Sie bekommen das gute Stück auch ganz bestimmt wieder.«

»Zerreißen Sie sich Ihre Jacke nicht«, warnte er. »Die Klinge ist ziemlich scharf.«

Es war ein sonniger Tag, und nichts hätte einladender wirken können als die weißen Tische und Stühle, die vor dem Café im Freien standen.

Nur etwa die Hälfte der Plätze war besetzt. Brigitte hatte sich an einen freien Tisch gesetzt, abseits von den anderen Gästen des Cafés. Sie winkte Benno zu, als er auf der gegenüberliegenden Straßenseite aus dem Geschäftsgebäude trat.

Er überquerte die Straße und setzte sich zu ihr.

»Du strahlst ja immer noch«, stellte er fest.«

»Ich habe einen Job«, erklärte Brigitte. »Hoffentlich hast du nicht vor, meinen neuen Chef zu verhaften.«

Benno schüttelte den Kopf, als würde ihm so etwas nicht im entferntesten in den Sinn kommen.

»Mit dem letzten kann er aber nicht konkurrieren«, sagte er und griff nach der Getränkekarte.

»Wie meinst du das?« fragte Brigitte erstaunt.

»Na ja …« Er sah sie an. »In puncto Aussehen, Noblesse und so weiter. Der Wendl Raimund soll ja ein perfekter Kavalier gewesen sein. Unter so jemandem – neben so jemandem zu arbeiten ist sicher der Traum jeder Sekretärin.«

Brigittes Gesicht wurde sehr ernst, als sie Bennos Hand ergriff und fest drückte.

»Benno«, sagte sie, und es hörte sich geradezu feierlich an. »Von allen Vorzügen, die ein Mann haben kann, ist Treue für mich mit Abstand der wichtigste. Aber gerade in der Hinsicht war mit dem Raimund wirklich kein Staat zu machen. Der war wirklich hinter jedem Rock her. Schon deswegen hat er für mich als Mann nicht existiert.«

Benno lächelte. Die Serviererin trat auf den Tisch zu, und sie gaben ihre Bestellung auf.

Sie bemerkten beide nicht, daß sie von der anderen Straßenseite beobachtet wurden.

Es war Resi Berghammer, die zufällig vorbeikam und fast vom Schlag getroffen wurde, als sie ihren Buben mit der feschen jungen Dame erblickte. Die Situation – zu zweit in einem Café – war so eindeutig, daß Resi vor Glück zu strahlen begann. Voller Freude betrat sie ein Strickwarengeschäft, und während sie so tat, als würde sie Wolle aussuchen, spähte sie durch das Schaufenster.

Sie konnte sich gar nicht sattsehen an dem Anblick. Benno und das Fräulein Brigitte!

Eine andere konnte es ja gar nicht sein.

Nachdem die Kellnerin gegangen war, kam Benno auf das Thema zurück, indem er mutmaßte:

»Der Sagstetter Vitus ist garantiert ein Musterbeispiel an Treue.«

Brigitte machte eine wegwerfende Handbewegung.

»Ach, der ist wieder zu lahm! Das ist bei dem keine Treue, sondern Anhänglichkeit. Und die geht mir auf den Geist.« Unvermittelt lachte sie auf. »Möchtest du mich unbedingt verkuppeln?«

»Nein, im Gegenteil.« Benno schüttelte entschieden den Kopf. »Nur ...« Er zögerte.

»Nur – was?« drängte Brigitte.

»Bei mir steht Aufrichtigkeit an erster Stelle«, erklärte er. »Du hast mir verschwiegen, daß du dem Notar Wohlschlager kurz vor dem Mord gesagt hast, wo er den Wendl finden kann. Warum hast du so etwas Wichtiges nicht erwähnt?«

Brigitte klang trotzig, als sie antwortete.

»Immerhin hat mir dieser kleine Schachzug Dutzende von Bewerbungsschreiben erspart. Man muß sich in dieser Welt schon ein bißchen selbst helfen, sonst ist man verloren.«

Benno starrte sie an.

Und wieder bekamen sie beide nicht mit, was sich auf der anderen Straßenseite abspielte.

Resi Berghammer verließ das Strickwarengeschäft und war so zufrieden wie selten zuvor in ihrem Leben.

9. *Kapitel*

Barmherzigkeiten

Im Dienstzimmer herrschte die Ruhe eines Sommernachmittags. Benno war unterwegs, Frau Dr. Zirner im Gericht, bei einer Verhandlung. Drüben auf der Wache hielt sich zur Zeit nur der Kollege der Funkzentrale auf.

Sabrina legte den Hirschfänger auf ihren Schreibtisch.

Langsam, beinahe andächtig, ging sie um den Schreibtisch herum und setzte sich auf den Drehstuhl.

Ohne die geringste Eile nahm sie die Ermittlungsunterlagen aus den Schubladen und breitete sie links und rechts neben dem Hirschfänger aus.

Als letztes legte sie die Scheide neben das Messer.

Das lederne Futteral befand sich jetzt in einem durchsichtigen Kunststoffbeutel, wie er für Beweisstücke verwendet wurde.

Der große Moment war gekommen.

Sabrina betrachtete das Messer und die Scheide und ertappte sich bei dem Wunsch, daß beides um Himmels willen zusammenpassen möge.

Warum wünschte sie sich nicht das Gegenteil?

Wollte sie, daß Vitus Sagstetter der Mörder war?

Fing sie etwa an, so zu denken wie gnadenlose amerikanische Filmpolizisten, die nichts anderes im Sinn hatten, als einen Täter zu präsentieren? Und zwar so schnell wie möglich?

Wollte sie sich bei der Staatsanwältin in ein besseres Licht rücken? Wollte sie sich damit brüsten, daß sie ihre Hausaufgaben besser gemacht hatte als Benno?

Nein, den Eindruck sollte er auf gar keinen Fall gewinnen. Denn es war nicht ihre Absicht.

Wenn das Messer und die Scheide zusammenpaßten, dann hatte sie ganz einfach Glück gehabt. Die Entscheidung, noch einmal zu Vitus Sagstetter zu fahren, obwohl Benno ihn schon zweimal getroffen hatte, war eher eine Augenblicks-Entscheidung gewesen. Ebensogut hätte absolut nichts dabei herauskommen können.

In Ordnung.

Der Moment war gekommen.

Sabrina gab sich einen Ruck und straffte ihre Haltung. Dann nahm sie die Lederscheide mit spitzen Fingern aus dem Kunststoffbeutel.

Ein letztes Mal betrachtete sie die Klinge des über hundert Jahre alten Hirschfängers. Mit bloßem Auge waren keine Blutspuren daran zu erkennen. Nun, endgültigen Aufschluß darüber würde die Untersuchung im Labor ergeben.

Sabrina schob die Klinge in die Scheide.

Sie paßte.

Millimetergenau.

Mit klopfendem Herzen wiederholte sie den Vorgang, um sich zu vergewissern.

Das Ergebnis war das gleiche.

Sabrina ließ den Hirschfänger mitsamt Futteral auf

den Schreibtisch fallen und lehnte sich zurück, wie erschöpft.

Sie starrte auf das Ergebnis ihrer Nachforschungen und konnte es trotz allem nicht fassen.

Plötzlich fiel ihr etwas ein.

Sie griff in ihre Handtasche und holte den Hirschfänger heraus, den sie neu gekauft hatte. Sie zog die Scheide ab und verspürte einen jähen Drang zur Eile.

Mit fliegenden Fingern riß sie Sagstetters Hirschfänger aus der Scheide vom Tatort und steckte ihn in die Scheide des neu gekauften Hirschfängers.

Es war die totale Ernüchterung.

Auch hier paßte die hundertjährige Klinge.

Auf den Millimeter genau.

Die Gedanken, die ihn beschlichen, gefielen ihm nicht. Denn die Dinge entwickelten sich in eine Richtung, die ihm noch viel weniger gefiel.

Benno lenkte seinen BMW hinaus auf das Land der Hallwegerin. Weder am Sonnenschein noch an der Landschaft vermochte er sich zu erfreuen. Das Bild, das sich immer deutlicher zusammenfügte, war alles andere als erfreulich.

Nun war es niemals erfreulich, einen Mörder überführen zu müssen – doch in diesem Fall, das spürte Benno mit allen Fasern seiner Sinne, würde es ein Ende mit Schrecken geben.

Er erblickte Anton Rambold und Landrat Wallner auf der Hügelkuppe, auf der er sie vermutet hatte. Sie standen dort oben und redeten und zeichneten mit den

Fingern Straßen und Grundstücksgrenzen und wer weiß noch was in die Luft.

Benno parkte seinen Wagen neben der Limousine des Landrats. Der Chauffeur saß wie üblich hinter dem Lenkrad und las Zeitung. Er beachtete den Hauptkommissar nicht einmal, als dieser ausstieg und den Hügel erklomm.

Siegfried Wallner schüttelte den Kopf und seufzte beinahe verzweifelt, als Benno näherkam.

»Berghammer, was muß man eigentlich anstellen, um vor Ihnen seine Ruhe zu haben?«

Benno machte ein zerknirschtes Gesicht.

»Entschuldigen S', Herr Landrat, aber mir ist da noch was unklar ...«

Anton Rambold unterbrach ihn mit entnervtem Kopfschütteln.

»Ich darf nicht mehr hinterlassen, wo ich zu erreichen bin. Also gut, Benno, du hast uns gefunden – dann frag.«

Der Hauptkommissar lächelte dankbar.

»Im Moment interessiert mich brennend, warum ihr den Wohlschlager an eurem Sonnleiten-Projekt beteiligt habt.«

»Das geht Sie zwar nichts an«, sagte Wallner grob. »Aber Sie sollen es ausnahmsweise erfahren: Aus Barmherzigkeit.«

Benno runzelte die Stirn.

»Seit wann ist ein Notar auf Barmherzigkeit angewiesen?«

»Berghammer!« sagte Wallner beinahe mitleidig. »Nicht seinetwegen, sondern um die Existenz eines hoffnungsvollen Jungunternehmers zu retten.«

»Also die vom Wendl«, folgerte Benno.

Rambold erklärte es ihm.

»Wir mußten den Wohlschlager unbedingt davon abbringen, daß er unseren Strohmann wegen Verführung einer Minderjährigen anzeigt. Stell dir das Gerede vor!«

Wallner fügte erregt hinzu: »Wer verkauft denn noch sein Land an jemanden, der eine Affäre mit einem Schulmädchen hat! Sind Sie jetzt zufrieden?«

Benno lachte lautlos.

»Dann wundert's mich erst recht, daß ihr eure Frauen mit so einem habt verkehren lassen.«

»Mein Gott!« entgegnete Rambold ungnädig. »Weil wir bloß zwei Füße und einen Kopf haben.«

»Unsere besseren Hälften wollten halt auch einmal angehimmelt und ausgeführt werden«, fügte der Landrat hinzu. »In die Oper, auf Vernissagen, Faschingsbälle ...«

Anton Rambold machte eine heftige Handbewegung.

»Meinst du, ich habe nach einem Vierzehnstundentag noch Lust auf Puccini oder auf moderne Kunst? Und tanzen kann ich sowieso nicht.«

Landrat Wallner nickte zustimmend.

»Für derlei Unsinn war der Wendl zuständig – natürlich ein exzellenter Tänzer.«

»Leider hat er sich mehr Freiheiten herausgenommen, als ihm erlaubt waren«, grinste Benno.

Wallners Miene verhärtete sich.

»Ich rate Ihnen dringend, solche geschmacklosen Anspielungen zu unterlassen und sich nur an die Fakten zu halten!«

Benno blieb unbeeindruckt.

»Ich werd's beherzigen, Herr Landrat«, sagte er und nickte seinem Schulfreund zu. »Servus, Toni.«

Als er schon einige Schritte entfernt war, drehte er sich noch einmal zu den beiden Amigos um.

»Irgendwann«, rief er, »brechen euch die Fakten noch mal das Kreuz!«

Dann ging er zu seinem BMW zurück.

Die beiden Männer auf dem Hügel blickten ihm eine Weile schweigend nach.

»Nicht solange wir selbst die Fakten bestimmen«, sagte Wallner dann.

Die Dinge nahmen ihren Lauf. Oberflächlich gesehen, tat sich während der darauffolgenden Tage nichts in Bad Tölz. Doch die Mühlen des Gesetzes, so versicherte Benno Berghammer seiner Kollegin, mahlten zuverlässig, wenn auch langsam.

Er sollte recht behalten.

Vier Tage waren seit seiner letzten Begegnung mit Anton Rambold und Landrat Wallner vergangen, als er schon am frühen Morgen spürte, daß sich etwas verändert hatte. Es lag buchstäblich in der Luft.

Das Polizeirevier wirkte nicht mehr sommerlich träge und schläfrig wie ein spanisches Bergdorf während der Siesta. Nein, schon während er darauf zuging, glaubte er zu sehen, daß der ganze Laden vor neuerwachter Energie bersten wollte.

Er betrat den Eingang des Gebäudes. Im Korridor, auf dem Weg zu seinem Dienstzimmer, begegneten ihm zwei uniformierte Polizeibeamte.

»Guten Morgen, Herr Berghammer!« grüßten sie schneidig.

»Morgen, Kollegen!« erwiderte Benno forsch.

Gleich darauf, als er das Dienstzimmer betrat, sah er bereits, daß sich Entscheidendes anbahnte.

Frau Dr. Zirner verließ gemeinsam mit Sabrina ihr Büro.

»Ich werde sofort einen Haftbefehl beantragen«, sagte die Staatsanwältin zu Bennos Kollegin. Dann erblickte sie ihn und begrüßte ihn ernst. »Guten Morgen, Herr Berghammer. Wir haben ihn! Frau Lorenz wird Sie ins Bild setzen. Ich bin bald zurück.«

Frau Dr. Zirner eilte hinaus, und sogar die Tür des Dienstzimmers wirkte energiegeladen, als sie hinter ihr ins Schloß fiel.

Benno sah seine Kollegin stirnrunzelnd an.

»Haftbefehl?« wunderte er sich. »Wer hat wen?«

Sabrina grinste.

»Du solltest pünktlich zum Dienst kommen.« Sie wurde ernst. »Ein Anruf vom Landeskriminalamt. Sagstetters Hirschfänger ist die Tatwaffe.«

Benno nickte bedächtig. Auf das Ergebnis der Laboruntersuchung war er ebenfalls gespannt gewesen. Und er hatte auch nicht daran gezweifelt, daß mikroskopisch feine Reste von Blutspuren zu finden sein würden – wenn es sie denn gab. Niemand konnte eine Klinge mit herkömmlichen Haushaltsmitteln so vollständig reinigen, daß die Spurensicherer mit ihren hochmodernen Elektronenmikroskopen nicht doch noch etwas fanden.

Und sie hatten die Blutpartikel des Hirschfängers mit dem Blut des Toten verglichen. Die Analyse hatte beweiskräftig ergeben, daß das Blut auf der Klinge des Hirschfängers und das Blut des Ermordeten identisch waren.

»Also haltet ihr den Sagstetter Vitus für den Täter?« fragte er zweifelnd.

»Du etwa nicht?« entgegnete Sabrina erstaunt. »Jetzt fehlt doch nur noch sein Geständnis.«

Benno blickte auf seine Armbanduhr.

»In seinem Laden ist er noch nicht. Du weißt doch, wo er wohnt?«

»Ja«, bestätigte Sabrina. »Bei seiner Mutter. Aber willst du nicht auf den Haftbefehl warten?«

»Ach was – Haftbefehl!« Benno winkte ab. »Komm, fahren wir hin!«

Als sie die Landstraße erreichten, scheuchte Benno den BMW eine Weile schweigend über den Asphalt. Dann schüttelte er den Kopf, und er sah wenig begeistert aus, als er Sabrina das Ergebnis seiner Gedanken mitteilte.

»Dem ersten Immobilienmakler, der mir sympathisch ist, wollt ihr einen Mord anhängen!«

»Na hör mal!« entgegnete seine Kollegin. ›Anhängen‹ ist doch wohl nicht das richtige Wort.«

Benno warf ihr einen kurzen Seitenblick zu, dann konzentrierte er sich wieder auf die Fahrbahn.

»Der hat dir doch anstandslos den Hirschfänger mitgegeben – oder?«

»Hatte er eine Wahl?«

»Er hätte ihn dir erst gar nicht zu zeigen brauchen.«

Sabrina sah ihn an und bekam den Mund nicht wieder zu.

Vitus Sagstetter trat aus dem Bauernhaus und blieb einen Moment stehen, um die frische Morgenluft tief in seine Lungen zu pumpen. Dann ging er auf seinen Geländewagen zu. Als er ihn öffnete und den Aktenkoffer auf den Beifahrersitz legte, hörte er Motorgeräusche.

Er trat einen Schritt von seinem Wagen zurück und sah einen BMW 840 heranbrausen.

»Guten Morgen!« rief er freundlich, als die beiden Kriminalbeamten ausstiegen. »Da haben Sie mich ja gerade noch daheim erwischt. Gibt es was Neues?«

»Leider eine schlechte Nachricht, Herr Sagstetter«, erwiderte Benno.

Sabrina erklärte es dem Immobilienmakler genauer.

»Der Hirschfänger, den Sie mir zur Laboruntersuchung überlassen haben, ist einwandfrei als die Tatwaffe identifiziert worden.«

Sagstetter starrte Sabrina und Benno bestürzt an.

Sabrina informierte ihn über seine Rechte.

»Pflichtgemäß weise ich Sie darauf hin, daß Sie das Recht haben, die Aussage zu verweigern, falls Sie sich dadurch selbst belasten.«

Sagstetter schien es nicht gehört zu haben.

»Dann – dann …«, stammelte er. »Dann hat ihn mir jemand gestohlen und hinterher zurückgelegt.«

Benno und Sabrina wechselten einen Blick.

»Wer hat denn alles einen Schlüssel zu dem Haus?« fragte Benno.

Sagstetter erwiderte seinen Blick, ohne auszuweichen.

»Sie wissen genausogut wie ich, daß so ein Bauernhaus tagsüber nicht abgeschlossen ist. Und meine Mutter hört schlecht. Da kommt praktisch jeder unbemerkt rein.«

Sabrina hielt ihm entgegen:

»Sie haben behauptet, daß Sie in der fraglichen Zeit mit dem Wagen von Kirchbichl zurückgefahren sind, wo Sie eine Kundin getroffen hatten.«

»Das stimmt auch«, antwortete Sagstetter.

»In dem Fall …«, sagte Benno sinnierend, »sind Sie allerdings direkt am Tölzer Hof vorbeigekommen.«

Sagstetter senkte den Blick.

»Also gut«, sagte er nach einem Moment. »Ich habe den Raimund auf der Hotelterrasse gesehen. Da hat er gerade mit dem Notar Wohlschlager geredet. Ich habe sogar für einen Moment angehalten.«

»Dann hätten Sie ja den Mord beobachtet«, folgerte Benno. »Wenn Sie ihn nicht selbst begangen haben.«

Sagstetter schüttelte heftig den Kopf.

»Nein! ich bin ja gleich weitergefahren!«

Benno sprach unbeeindruckt weiter.

»Der Notar bestreitet nicht, daß er ihren ehemaligen Partner getroffen hat. Aber nach seiner Aussage war der Wendl noch putzmunter, als er ihn verlassen hat.«

»Und sonst war niemand auf der Terrasse«, ergänzte Sabrina. »Außerdem – wie sollte Wohlschlager wissen, daß Sie einen alten Hirschfänger in der Kommode im Wohnzimmer aufbewahren?«

»Aber ich bin es nicht gewesen!« rief der Immobilienmakler beschwörend. »Warum hätte ich …?«

Sabrina schnitt ihm das Wort ab.

»Sie haben Raimund Wendl gehaßt, weil er Erfolg hatte – finanziellen und privaten. Ihm ist alles in den Schoß gefallen, wovon Sie nur träumen können.«

Benno nickte beipflichtend.

»Herr Sagstetter, wenn Sie wirklich unschuldig sind, wird sich das bald herausstellen. Aber ich fürchte, jetzt müssen Sie mitkommen.«

10. Kapitel

Erkenntnisse

Als er am Abend heimkam, hörte Benno schon am Fuß der Treppe, daß irgend etwas anders war als sonst. Die Mama war aus dem Wohnzimmer zu hören – ein Lied summend.

»Benno, komm her!« rief sie, als er noch nicht mal ganz oben war.

Folgsam betrat er das Wohnzimmer – und blickte entgeistert auf den Eßtisch, den sie fast fertig vorbereitet hatte.

Der Tisch war für drei Personen gedeckt – augenscheinlich zu einem besonderen Anlaß. Benno schloß es daraus, daß die Mama das bessere Geschirr und das Silberbesteck genommen hatte. Überdies hatte sie sogar Stoffservietten gefaltet. Wie kleine Zipfelmützen standen sie auf den Tellern.

»He, was ist los heute?« rief er verblüfft. »Hoher Besuch im Anzug?«

Resi schüttelte den Kopf und erklärte ihrem Buben, was er zu tun hatte – mit mütterlicher Autorität in der Stimme.

»Du fährst jetzt sofort zu deinem Fräulein Neuhierl und bringst sie zum Essen mit. Ich habe Kalbsmedaillons mit …«

»Mama, du kannst doch nicht einfach …«, entgegnete er vorwurfsvoll. »Weiß die Brigitte überhaupt von ihrem Glück?«

Resi schüttelte den Kopf – verständnislos und verneinend zugleich.

»Du hast gesagt, wenn der Mord aufgeklärt ist, hast du den Kopf frei. Bitte – jetzt *ist* der Mord aufgeklärt. Also handele!«

»Von wegen«, knurrte Benno dumpf. »Wir haben noch immer kein Geständnis vom Sagstetter.«

»Der wird es schon gewesen sein«, meinte Resi.

»Und woher hätte er wissen sollen, daß er seinen ehemaligen Partner auf der Hotelterrasse sieht?« widersprach Benno. »Als Makler rennt er doch nicht dauernd mit einem Hirschfänger herum!«

»Dann war es halt der Notar«, erklärte Resi entschieden.

Auch damit gab Benno sich nicht zufrieden.

»Woher hätte der wissen sollen, daß beim Sagstetter ein passendes Messer in der Kommode liegt?«

Resi wollte es nicht hören.

»Jetzt löse gefälligst deine beruflichen Probleme im Büro und verdirb mir nicht alles.«

Doch plötzlich hatte Benno eine Erkenntnis – er sah die Dinge auf einmal glasklar. Warum, in aller Welt, war er nicht vorher darauf gekommen?

»Die einzige Person, die gewußt hat, wo der Wendl *und* die Tatwaffe waren, ist die Brigitte.«

Er sagte es, ohne daß es ihn im ersten Moment selbst besonders überraschte.

Doch dann fiel es ihm wie Schuppen von den Augen.

Jäh wurde er sich der vollen Bedeutung dessen bewußt, was er gerade von sich gegeben hatte.

Und die Mama hatte es nicht einmal mitbekommen. Ihre leuchtenden Augen und die Freude, mit der sie hier am Tischtuch zupfte und da einen Teller zurechtrückte, bewiesen, daß sie Bennos Erkenntnis zwar gehört, aber nicht zur Kenntnis genommen hatte.

Strahlend vor Glück und nur ein wenig verlegen, gab sie statt dessen ihr kleines Geheimnis preis.

»Von weitem habe ich euch schon gesehen, da habt ihr ganz einträchtig im Café gesessen.« Sie schlug die Hände zusammen und jubelte: »Du, die gefällt mir närrisch gut!«

Benno blickte durch sie hindurch.

»Ich muß sofort zu ihr«, sagte er tonlos.

»Ja, wovon rede ich denn die ganze Zeit!« rief die Mama. »Aber bring sie mit! Ich möchte sie mir doch aus der Nähe anschauen. Das ist mein Recht. Schließlich wohnt ihr bei mir, wenn ihr verheiratet seid.«

Benno war auf einmal um seine Mutter besorgt.

»Mama«, sagte er behutsam. »Jetzt steigere dich nicht in etwas hinein, das ...« Er suchte einen neuen Ansatz. »Das ist schon direkt krankhaft bei dir. Willst du nicht vielleicht zum Psychiater gehen?«

Sie sah ihn nur an, lächelte noch immer und hatte nichts von dem mitbekommen, was er gesagt hatte.

»Nun beeile dich schon!« drängte sie.

Er sah sie an und faßte es nicht.

»Genau das habe ich vor«, sagte er und wandte sich rasch ab.

Seine Sorge wuchs, während er durch die abendlich beleuchtete Stadt fuhr.

Die Sorge um seine Mutter.

Die Sorge um Brigitte Neuhierl.

Es würde ihm nicht leicht fallen, ihr zu sagen, was er sagen mußte. Wenn die Dinge sich so verhielten, wie er nun annehmen mußte, dann würde dies der schwerste Gang seines Lebens werden.

Es gab praktisch keinen Zweifel mehr daran.

Die Fahrt bis zu Brigittes Wohnung kam ihm endlos vor.

Dann, als er vor dem Haus aus dem Wagen stieg, galt sein erster Blick dem zweiten Stock des Hauses.

Es war wie bei seinem ersten Besuch. Hinter sämtlichen Fenstern von Brigittes Wohnung brannte Licht.

Seufzend betrat Benno das Haus. Es würde so kommen, wie er befürchtete. Ausgerechnet sie, die Frau, die er schätzen gelernt hatte, die er mochte, in die er sich ein bißchen verguckt hatte, mit seinem Wissen zu konfrontieren, würde seine ganze Kraft erfordern.

Er stieg die Treppen hinauf und läutete.

Aus der Wohnung war kein Laut zu hören.

Benno klingelte abermals, länger diesmal, dann in Intervallen. Nichts änderte sich.

Es blieb so still wie zuvor.

»Brigitte!« rief er. »Ich bin's, der Benno!«

Sie schien ihn nicht gehört zu haben.

Oder *wollte* sie ihn nicht hören?

Niedergeschlagen wandte er sich ab, ging auf die Treppe zu. Möglicherweise hatte sie ihn schon gesehen, als er unten aus dem Wagen gestiegen war. Vielleicht hatte sie gerade aus dem Fenster geschaut, und es war ihm nicht aufgefallen.

Dann wußte sie vermutlich, weshalb er kam. Und

vielleicht sollte er ihr die Schonfrist gewähren – bis morgen ein offizieller Besuch daraus wurde.

Nein.

Er machte kehrt.

Sie hatte ein persönliches Wort verdient. Das zumindest war er ihr schuldig – wie ihre Beweggründe auch ausgesehen haben mochten.

Er klopfte an die Tür.

»Brigitte!« rief er erneut. »Störe ich gerade? Sag doch einen Ton!«

Doch auch diesmal vernahm er nicht den geringsten Laut aus der Wohnung. Sollte sie sich so störrisch verhalten? Das war eigentlich nicht ihre Art – wenn er sie hierin richtig einschätzte.

Er *mußte* mit ihr sprechen.

Jetzt erst recht.

Kurzentschlossen zog er den Kunststoffstreifen aus der Jackentasche, den er für Notfälle immer bei sich hatte. Die Wohnungstür war nicht gerade einbruchssicher. Es gelang ihm problemlos, sie zu öffnen.

Er schob sie einen Spalt auf.

»Brigitte!« rief er, nicht ganz so laut jetzt. »Was hat denn das für einen Sinn! Wenn schon alle Lichter brennen, weiß doch jeder, daß du daheim bist!«

Keine Antwort.

Er trat ein.

Tatsächlich war die gesamte Wohnung hell erleuchtet. Als erstes betrat er das Wohnzimmer.

Brigitte lag auf dem Sofa. Sie mußte eingenickt sein.

»Da schläft sie doch tatsächlich den Schlaf der Gerechten«, murmelte Benno kopfschüttelnd.

Dann jedoch, als er nähertrat, traf ihn der Schock.

Eine aufgerissene Schlaftabletten-Packung!

Daneben, auf dem Couchtisch, das leere Röhrchen.

Mit einem Satz war Benno bei der jungen Frau, packte sie und schüttelte sie.

»Brigitte!« rief er. »Wach auf! Um Gottes willen, wach auf!«

Sie reagierte nicht, gab keinen Laut von sich.

Benno schlug ihr auf die Wangen, anfangs widerstrebend, doch dann immer fester. Erneut schüttelte er sie, dann klatschte er ihr wieder mit den flachen Händen ins Gesicht.

Sie gab ein Röcheln von sich.

Es klang sehr schwach.

Benno stürzte zum Telefon und rief den Notarzt.

Dann kehrte er zu Brigitte zurück. Sie lag noch immer stumm und bewegungslos auf dem Rücken.

Erst in diesem Augenblick entdeckte er den Briefumschlag auf dem Tisch. Die Adresse umfaßte nur eine Zeile.

An Benno Berghammer

Er steckte das Kuvert in die Innentasche seiner Jacke und bemühte sich weiter um Brigitte.

»Leg dich wenigstens auf die Seite«, murmelte er.

Er schaffte es, sie in Seitenlage zu bringen. Und unermüdlich machte er weiter, versuchte, sie ins Bewußtsein zurückzuholen.

Nach wenigen Minuten, die ihm wie eine Ewigkeit vorkamen, traf endlich der Rettungswagen vor dem Haus ein.

Das Blaulicht kreiste, als die Männer ins Haus stürmten. Benno rief sie durch die offene Tür herbei, als er sie auf der Treppe hörte.

Der Notarzt und die beiden Sanitäter arbeiteten ruhig mit sicheren, routinierten Handgriffen.

Benno folgte ihnen, als sie Brigitte, die auf eine Trage gebettet wurde, in den Rettungswagen brachten. Dann, als er hinterherfuhr, befestigte er das Magnet-Blaulicht auf dem Dach und schaltete es ein. Er mußte es einfach tun. Er wollte nicht durch irgendeinen banalen Umstand zu spät im Krankenhaus eintreffen.

Sabrina parkte ihren Wagen in der Nähe des Portals. Direkt vor der Pforte des Krankenhauses standen noch der Rettungswagen und Bennos BMW.

Sabrina schloß die Fahrertür des BMW. Benno hatte sie in der Eile offenstehen lassen.

Im Besucherraum der Ambulanz entdeckte sie ihren Kollegen. Auf dem Tisch vor ihm lagen die üblichen Zeitschriften.

Und ein offener Briefumschlag mit einem handbeschriebenen Blatt Papier daneben.

»Wird sie es schaffen?« fragte Sabrina und setzte sich neben Benno.

Er zuckte die Achseln, erklärte ihr, daß Brigitte noch im Operationssaal lag, wo ihr der Magen ausgepumpt wurde. Er nahm den Brief und gab ihn seiner Kollegin.

»Da, lies.«

Sabrina nahm das Blatt, und schon bei den ersten Zeilen spürte sie etwas wie eine Klammer, die ihr das Herz zusammenkrampfte. Wie gebannt las sie.

Lieber Benno,

erinnerst Du Dich, was ich Dir über die Treue gesagt habe? Das war nicht gelogen. Aber ausgerechnet mußte ich mich in einen Mann verlieben, für den Treue ein Fremdwort ist! Ich weiß nicht, wie das alles passieren konnte.

Ich wußte auch nicht, wie nah Liebe und Haß beieinanderliegen, ja, wie sie manchmal zu einem einzigen Gefühl werden, dem Du nicht entkommen kannst. Beides ist wohl eine Art Wahnsinn. Nach dem ersten Glück war das Leben mit und neben Raimund für mich die Hölle.

Ihn hat das nicht gekümmert. Die Verabredungen mit mir waren für ihn zu unwichtig, um sie in seinem Taschenkalender zu notieren. Ich hatte ja auch keine Beziehungen oder Grundstücke zu bieten. Er hat sich nicht einmal die Mühe gemacht, mir zu kündigen.

Meine Qualen haben ihn nur amüsiert, und doch konnte ich mich nicht von ihm trennen. Ich mußte lange warten, bis ich eine Gelegenheit sah, ihn zu zerstören, bevor er mich zerstört. Als diese Gelegenheit auf der Hotelterrasse gekommen war, habe ich ihn getötet.

Ich glaubte, man würde den Notar verdächtigen, und um den tat es mir nicht leid. Ich dachte, der würde sich schon irgendwie herausreden. Daß der brave Vitus verdächtigt würde, ist mir nie in den Sinn gekommen. Jetzt soll ausgerechnet er für das bezahlen, was ich getan habe.

Es gibt kein Zurück mehr.

Verzeiht mir alle.

Brigitte

Schritte näherten sich auf dem Steinboden des Krankenhausflurs. Der Dienstarzt betrat den Warteraum.

Benno und Sabrina erhoben sich.

»Wie geht es ihr, Herr Doktor?« fragte Benno gespannt.

»Sie haben sie gerade noch rechtzeitig gefunden«, antwortete der Arzt. »Ein paar Stunden später, und wir hätten nichts mehr tun können.« Er lächelte aufmunternd. »Kopf hoch, sie wird durchkommen. In zwei, drei Tagen kann sie wieder nach Hause.«

Benno blickte betreten zu Boden. Er schwieg.

»Freuen Sie sich denn nicht darüber?« fragte der Arzt verwundert. »Sie scheinen nicht besonders erleichtert zu sein.«

Benno blickte auf.

»Doch, doch, Herr Doktor.« Er rang sich ein Lächeln ab. »Ich bin – sehr erleichtert.«

Der Stationsarzt nickte.

»Gut. Entschuldigen Sie mich jetzt. Wir sehen uns sicher noch.«

Während der Arzt sich entfernte, maß Sabrina ihren Kollegen mit einem forschenden Blick.

Seine Stimme klang merkwürdig matt.

»Heute wollte die Mama sie kennenlernen.«

Sabrina verstand.

»Hast du sie schon angerufen?« fragte sie besorgt.

»Ja«, antwortete er. »Ich habe ihr gesagt, daß die Brigitte sich auf der Treppe den Knöchel gebrochen hat.«

Sabrinas Besorgnis wollte nicht weichen.

Schweigend verließen sie die Ambulanz, durchquerten den vorderen Korridor und traten vor das Portal. Die Abendluft war kühl. Vor Bennos BMW blieben sie stehen.

Sabrina fröstelte. Eindringlich sah sie ihren Kollegen an.

»Dir ist hoffentlich klar, daß dir nicht viel Zeit bleibt, es deiner Mutter beizubringen. Spätestens übermorgen sind die Zeitungen voll davon.«

»Ich weiß.« Benno nickte bitter.

»Hirschfängermord – es war die Sekretärin«, zitierte Sabrina eine der zu erwartenden Überschriften auf den Titelblättern. »Das wird ein ziemlicher Schlag für deine Mutter.«

Benno begehrte auf.

»Und was ist mit mir?«

Sabrina legte ihm sanft die Hand auf die Schulter.

»Warum könnt ihr es nicht mal positiv sehen? Ich meine, eine Menge Leute würden viel darum geben, wenn sie die Abgründe ihrer Frauen und Schwiegertöchter noch vor der Hochzeit …«

»Sabrina, bitte hör auf!« unterbrach er sie vorwurfsvoll.

»War nur ein Versuch«, sagte sie mit einem Lächeln und zog die Hand zurück.

»Die Brigitte war ein Opfer«, erklärte Benno. »Wenn sie Glück hat, kommt sie mit ein paar Jahren davon. Der wahre Schuldige ist der Wendl selbst gewesen.«

Sabrina schüttelte den Kopf.

»Nein«, sagte sie entschieden, »der wahre Schuldige ist unsere Gesellschaft, die nur einen Wahlspruch kennt: Ohne Geld kein Vergnügen.«

Benno stieß einen Knurrlaut aus.

»Sag das lieber dem Rambold Toni oder unserem Landrat.«

Sabrina erwiderte seinen Blick und schmunzelte.

»Ausgerechnet denen? Vermutlich haben die den Spruch erfunden.«

Benno konnte ihr nicht widersprechen – in dem Punkt nicht und in vielen anderen auch nicht. Er durfte dankbar sein, daß er Sabrina hatte – als Kollegin, als Dienstpartnerin und manchmal auch als Ratgeberin in persönlichen Dingen. So, wie er für sie ein väterlicher Freund war, obwohl er sich gar nicht so väterlich fühlte.

Bei Gelegenheit, das nahm er sich vor, würde er ihr einmal sagen müssen, was sie ihm bedeutete.

Man begegnete im Leben nun einmal selten Menschen, bei denen man das Gefühl hatte, wirklich offen und ehrlich miteinander umgehen zu können.

Vielleicht sollte er ihr das jetzt sagen.

Vielleicht war der Augenblick größter Belastung der richtige, um sich alles von der Seele zu reden.

»Wie wär's mit einem Kaffee?« schlug Benno daher vor.

Sabrina lächelte gerührt.

»Nicht böse sein«, antwortete sie sanft. »Aber ich bin todmüde. Ich schaffe jetzt nur noch eins: nach Hause fahren, ins Bett fallen, schlafen.«

Benno nickte verständnisvoll.

»Dann sag mir wenigstens, welche Apotheke noch geöffnet hat.«

Sabrina furchte die Stirn, musterte ihn erschrocken.

»Willst du dir etwa auch Schlaftabletten besorgen?«

Er lachte. »Himmel, nein! Nur eine Reservepackung Herztropfen für die Mama. Sicher ist sicher.«

Sabrina atmete erleichtert auf.

»Die Alpen-Apotheke«, sagte sie. »Weißt du, wo die ist?«

»Na klar«, antwortete Benno und verabschiedete sich.

Im Innenspiegel sah er Sabrina, wie sie vor dem Krankenhaus-Portal stand und ihm nachschaute.

Sie brauchte sich keine Sorgen um ihn zu machen. Doch ihm war warm ums Herz, weil sie es tat. Er hatte es ihr angesehen.

Sie hatte mit diesem Ausgang des Falls nicht gerechnet. Er ebensowenig. Dabei hätte er es ihr gegönnt, einmal vor ihm den Mörder zu entlarven. Sie hatte die richtig große Karriere noch vor sich. Eines Tages würde sie Hauptkommissarin sein, ganz bestimmt. Dann Kriminaldirektorin – und wer weiß noch was.

Er dagegen scheute sich davor, seinem geliebten Bad Tölz den Rücken zu kehren. Wahrscheinlich würde er krank vor Heimweh werden, falls er einmal ohne die bekannten, ach so geschätzten Amigos auskommen mußte.

Er hielt vor der Apotheke und wußte, daß er sich nun für den zweiten schweren Gang an diesem Abend rüsten mußte.

Brigitte würde es überstehen, auch die Gefängnisstrafe, die auf sie wartete. Eines Tages würde sie ein neues Leben anfangen können. Vielleicht würde sie dann auch verstehen können, wodurch sie zum Opfer und zur Täterin geworden war. Vor allem zum Opfer.

Benno kaufte die Herztropfen und machte sich auf den Heimweg.

Die Mama würde in dieser Nacht kein Auge zubekommen.

Aber er war ja da, um sie zu trösten.

Als treusorgender Sohn.